www.tredition.de

AF217713

Dieses Buch widme ich mit Dank meiner lieben Frau Petra, die als große Katzenfreundin mir das Katzenleben nähergebracht und die ganzen Schreibarbeiten erledigt hat.

Der Autor, Jörg zum Bodden, ist der Volljurist Jörg Michel, Jahrgang 1945, geb. in Göttingen.

Jörg zum Bodden

Katzen und andere Menschen

www.tredition.de

© 2015 Jörg zum Bodden

Verlag: tredition GmbH, Hamburg

ISBN
Paperback: 978-3-7323-5855-7

Printed in Germany

Inhaltsverzeichnis

Kapitel I – Katzenwelten/Menschenwelten im Wandel der Jahreszeiten

Kapitel II – Selbstgespräche einer Katze –

Frühjahr 2010

Katzenwelten/Menschenwelten im Wandel der Jahreszeiten – *Einleitung*

Es war ein kalter sonniger Januartag. Beim Blick durch die saftig grünen Palmen auf der Fensterbank in den schneebedeckten sonnendurchfluteten Nachbargarten kam ihm der Gedanke: In seinem nächsten Leben wollte er als Katze zur Welt kommen. Als Katze bei lieben Katzeneltern in einem schönen Landhaus mit Kamin. Da könnte man sorgenfrei leben. Man würde dort das größte Zimmer des Hauses, nämlich das Wohnzimmer mit Kamin bewohnen. Auf dem Sofa und den Sesseln lägen überall kleine Sitzkissen, auf denen man sich ausruhen könnte. Man bräuchte sich keine Gedanken zu machen über Cholesterinwerte, Triglyceride oder Bankkredite. Die Fressnäpfe in der angrenzenden Kammer wären immer gefüllt. Abends würde der Kamin angeworfen und eine wohlige Wärme breitete sich im ganzen Zimmer aus. Das einzig Störende wären manchmal die dicken Rauchschwaden aus den Zigarren des Hausherrn. Aber dafür dürfte man gelegentlich an seinen Zigarillos schnuppern in der Hoffnung, es seien Katzenstangen. Im weiteren Verlauf des Abends könnte man dann zur Schmusestunde die Hausherrin besteigen, um sich die nötige Entspannung für die Nacht zu holen.

Welch ein sorgenfreies Leben! Oder doch nicht? Nun – an die 3 großen Hunde an der Südseite des Hauses nahe der Sonnenterrasse hatte man sich schon gewöhnt. Den laut bellenden Dackelmischling an der Nordseite des Hauses entlang der Garageneinfahrt hatte man schon lange im Griff. Beim Zugehen im forschen Tigergang mit einem unverständlichen Katzengebrabbel wich er meist schon auf seinem Grundstück einige Meter vom Zaun zurück. Was sollte da noch stören? Ach ja – die Hauptstraße im Westen, die war gefährlich. Das hatte man schon einmal erfahren müssen. Man musste eben den Zaun im Westen als Grundstücksgrenze akzeptieren. Das war auch nicht weiter schlimm, denn entlang des Zaunes auf der Grundstücksinnenseite gab es einen dicht bewachsenen Wall, von dessen Kamm aus man wunderbar geschützt alles beobachten konnte, was auf der Straße passierte. Das war wichtig, denn insbesondere kamen öfters Hunde vorbei, denen man ja zeigen musste, wer hier der Herr war. Mit dick aufgeblasenem Brustkorb und steifstehenden Schwanz konnte man dann kräftigen Schrittes bis zum Gartentor gehen und von dort aus den Hunden gegenüber „den Max" machen, ohne Gefahr zu laufen, von ihnen angegriffen zu werden.

Aber nun war Winter, und es reichte, kleine Ausflüge aus dem Haus in den Landhausgarten zu machen, um dann schnell wieder die Wärme im Inneren anzustreben. Dies allerdings nicht, ohne vorher kurz einen schnellen Gang in die Kammer zu machen, um sich dort an den Fressnäpfen den Bauch vollzuschlagen.

Plötzlich verdunkelte sich die kleine Bibliothek und riss ihn aus seinen Gedanken. Was war geschehen? Eine Wolke hatte sich vor die Sonne geschoben und warf einen Schatten auf die weiß getünchte Wand des Nachbarhauses. Diese hatte vorher die Sonnenstrahlen reflektiert und sie in seine Bibliothek geschickt. Die Katze ließ diese Wetteränderung mit Sicherheit unberührt. Sie belagerte schon wieder stumm dösend ihre Sitzkissen auf der Wohnzimmercouch.

Angst und Sorge

Es waren nun schon einige Tage vergangen seit seinen ersten Überlegungen über ein Katzenleben, aber der Gedanke daran hatte ihn nicht losgelassen. Immer wieder ertappte er sich dabei, darüber nachzudenken, ob ein Katzenleben wirklich erstrebenswert sei. Katzen sind ja dafür bekannt, dass sie keine Veränderungen mögen. Es soll möglichst immer so bleiben, wie es ist – alles. Das würde ihm gut in den Kram passen. Er hatte auch solche Neigungen, möglichst alles beim Alten zu lassen. Aber das war nicht das ganze Spektrum seiner Gedanken. Was war mit dem sorgenfreien und angstfreien Katzenleben? Eigentlich war dagegen nichts einzuwenden. Was kann man schon gegen ein sorgen- oder angstfreies Leben sagen? Aber da war noch etwas! Würde so ein Leben nicht zu langweilig, zu uninteressant sein? Wenn er zurückdachte, dann stellte er fest, dass die Angst ein ganz wesentlicher Faktor in seinem Leben und im Leben seiner Umgebung gewesen war. Die Angst war nicht nur ein belastender Faktor, sondern auch im erheblichen Maße eine Triebfeder für ihn und andere Menschen. Plötzlich wurde ihm klar, dass er fast alles im Leben aus Angst gemacht hatte. Zum Beispiel auch das Studium der Rechtswissenschaft. Die Motivation Angst hatte ihn und andere, die er kannte, vorangetrieben. War das ein Zufall, wenn jemand, der sein Leben lang Probleme mit den

Augen hatte, schließlich Augenarzt wurde? Oder jemand, der aus Angst vor Krankheiten überhaupt erst Medizin studiert hat? Für sich selbst fiel ihm insbesondere ein: die Angst sich richtig zu verhalten, die Angst, etwas zu verpassen, Angst vor Krankheit oder Verletzungen, kurzum, Angst, dass nichts so bleibt, wie es ist. Wie sollte er in einem Katzenleben ohne diese intellektuelle Ebene und Basis leben können? Oder gab es etwas Vergleichbares doch im Katzenleben?

Wenn er die Katze so manchmal ansah, wie sie vor ihm saß und ihn wie eine Eule anstarrte mit einem regungslosen Gesicht, ab und zu höchstens ein Zwinkern mit den Augen zulassend, so konnte er sich das einfach nicht vorstellen. Wenn die Katze, vor dem Fernseher sitzend, nicht einmal erkannte, dass ihre Artgenossen sich dort bewegten, was konnte man dann schon noch erwarten? Vielleicht tat er ihr jetzt Unrecht. Aber wer weiß das schon?

Es hatte ihn neulich schon gestört, dass es der Katze völlig egal war, dass Barrack Obama Präsident der USA wurde. Auch die Auflösung von Guantanamo ließ sie total kalt. Hauptsache, es gab weiter Zigarren von Guantanamera, damit sie daran schnuppern konnte. Du meine Güte – wie sie da so liegen konnte! Zusammengerollt zu einem runden Etwas, den Rücken und den Hintern uns zugewandt; so drückte sie ihre Einstellung aus: Das geht mir alles „am Arsch vorbei". Dennoch bekam er sie da schon heraus, und zwar, wenn er lauthals die Tore von

Werder Bremen in einem Fußballspiel bejubelte. Dann erhob sie sich auf ihrem Sitzkissen, streckte und reckte sich, schaute verständnislos zu ihm herüber und schien mit dem Kopf zu schütteln. Aber schlimmer war es, wenn ein Gegentor fiel und er das lauthals mit dem Wort „Scheiße" bedachte. Dann war sie empört. Dann stand sie auf, weil sie glaubte, sie würde getadelt. Sie kannte das Wort. Es wurde immer benutzt, wenn irgendetwas nicht in Ordnung war. Und manchmal hatte das auch mit ihr zu tun. Deshalb bezog sie das Wort „Scheiße" sehr schnell auf sich und glaubte, sie habe etwas falsch gemacht. Ihr Gesichtsausdruck drückte dann immer Empörung aus.

Und was sollte er davon halten, wenn es ihm in einem künftigen Katzenleben völlig egal wäre, ob in manchen Bundesländern Studiengebühren an den Universitäten erhoben werden und damit erhebliche Erschwernisse für Kinder ärmerer Leute bestehen, ein Studium zu finanzieren. Und wenn es ihm völlig egal wäre, was so manche ach so sozialen Politiker davon halten? Könnte er sich so ein Leben vorstellen? Er wusste es nicht. Er musste noch weiter darüber nachdenken.

Phlegma und Gelassenheit

Und wieder lag sie da – zusammengerollt auf ihrem Kissen wie ein Rundkuchen. Jetzt konnte sie gar nichts stören. Weder jemand, der ins Zimmer kam, noch ein draußen vorbeifahrender Polizeiwagen mit Sirene. In ihrem Döseschlaf ließ sie alles an sich vorbeirauschen. Was für ein Phlegma! Sogar streicheln konnte man sie jetzt, ohne dass etwas passierte. Beneidenswert, dachte er. Hätte er doch davon nur ein bisschen mehr. Dann wäre sein Leben sicher anders verlaufen. Er hätte nicht alles an sich herankommen lassen bzw. nicht alles in sich „aufgenommen". Er hätte weniger zu „verdauen" gehabt. Vielleicht hätte er sich den Schlaganfall und den Herzinfarkt ersparen können. Also wieder ein Plus für ein Katzenleben? Nicht eindeutig, denn er kannte Menschen, die ein ähnliches Phlegma wie die Katze aufwiesen und damit ganz gut durchkamen.

Wenn sie Glück hatten, handelte es sich dabei nicht um ein Phlegma - das ja immer ein wenig mit einem negativen Image belegt ist - sondern um eine gewisse Gelassenheit, Dinge an sich vorbeiziehen zu lassen, um sie nicht alle aufzunehmen und sich damit nicht zu belasten.

Aber wie kam die Katze aus diesem Döseschlaf wieder heraus? Nun, es gab verschiedene Möglichkeiten: Entweder sie döste so lange, bis sich ihr Hunger meldete oder es klingelte jemand am Gartentor.

Das mochte sie gar nicht. Dann stand sie plötzlich hellwach auf ihrem Liegekissen und schaute erschrocken und erwartungsvoll auf die Wohnungstür. Also brauchte man keine Sorge haben, dass sie aus ihrem phlegmatischen Döseschlaf nicht wieder herauskommen würde.

Wenn er alles resümierte, so musste er feststellen, dass die Katze mit einem auffallend erheblichen Phlegma ausgestattet war, was ihm fehlte. Gut – er wollte nicht phlegmatisch sein - Phlegma stand für ihn immer für Trägheit, Schwerfälligkeit usw., aber eine ausreichende Portion Gelassenheit hatte er sich schon immer gewünscht. Wie oft hatte er darum gerungen, mehr Gelassenheit zu erlangen. Was hatte er für Bücher gelesen! Es hatte alles nichts genutzt. Er hatte es nicht geschafft. Vielleicht schlossen sich ja auch phlegmatische Veranlagung und beruflicher Erfolg aus? Er wusste es nicht. Wieso schaffte er es nicht, die Dinge um sich herum gelassener zu nehmen - wenigstens so wie die Katze?

Wenn man jetzt einmal die Plus- und Minuspunkte für Katzen- oder Menschleben zusammenzählte, dann schien die Waage sich langsam zugunsten des Katzenlebens einzupendeln. Aber vielleicht gab es ja noch andere Gesichtspunkte.

Und was wäre mit dem Weintrinken? Gern zog er sich abends mit einem Gläschen Rotwein an den Kamin zurück, um sich – insbesondere in der dunklen Jahreszeit – von dem Kaminfeuer erhellen zu lassen. Das tat auch seinen Gedanken gut. Die Katze saß zwar meist auf einem eigenen Korbstuhl daneben, von geistiger Erhellung oder Anregung der Gedanken konnte aber wohl bei ihr keine Rede sein, denn schon nach kurzem Aufenthalt auf dem Korbstuhl nutzte sie die Kaminwärme, um ihren Rücken dorthin zu drehen und schnell wieder in einen Döseschlaf zu verfallen. Das wäre nichts für ihn. Es war ja allgemein bekannt, dass Katzen keinen Rotwein trinken. Würde er denn ohne seinen Merlot delle Venezie auskommen können? Nun, vielleicht würde er sich ja wie die Katze an dem Wasser laben, das aus dem Hahn in die Badewanne tropfte? Oder vielleicht wäre es ihm – wie der Katze – ein besonderer Genuss, das Regenwasser aus einer Delle im Kanaldeckel aufzuschlabbern? Und wenn der Frühsommer wieder käme, also die Spargelzeit, was wäre dann mit dem spontanen Ausflug ins Havelland zum Spargel schlemmen? Erstens konnte man davon ausgehen, dass Katzen keinen Spargel bevorzugen. Zweitens, wie sollte man als Katze da auch hinkommen? – Nun, er hatte eigentlich andere Sorgen und musste sich erst einmal mit seinen alltäglichen Problemen des Menschenlebens befassen.

Nachdem er wieder einmal tagelang vergeblich mit den Banken verhandelt hatte, um seinen Kreditrahmen zu vergrößern oder wenigstens seinen Dispositionskredit zu erhöhen und die Katze während dieser ganzen Zeit im tiefen Winterhalbschlaf gelegen hatte, stand es für ihn fest: Das nächste Leben sollte ein Katzenleben werden!

Aus dem Tagebuch einer Katze

Früher wohnte ich mit meinem Frauchen und ihrem Sohn in einer mittelgroßen Stadt in der DDR, bin also eine Ostkatze. Wir hatten eine kleine Zweizimmerwohnung mit einem Balkon. Da der Sohnemann sein eigenes Zimmer haben sollte, bedeutete dies, dass mein Frauchen und ich im Wohnzimmer schlafen mussten. Weil wir in einer Stadtwohnung lebten, hatten wir keinen Zugang zu einem Garten. Wenn ich an die frische Luft wollte, musste ich auf den Balkon gehen, was nicht ungefährlich war, da das Balkongeländer sehr schmal war und es draußen zwei Stockwerke abwärts ging. Zum Schrecken meiner Mitbewohner balancierte ich oft auf dem Balkongeländer herum, jedoch ohne einmal abzurutschen und herunterzufallen. Sonst wäre ich wahrscheinlich jetzt auch nicht hier.

Eines Tages lernte Frauchen in einer anderen Stadt einen neuen Mann kennen. Sie war dann oft bei ihm und ich war mit dem Sohnemann alleine. Das machte mir aber nichts aus, da ich den Sohnemann sowieso am meisten liebte. Ich stand damals mehr auf Männer als auf Frauen. An den Wochenenden kam Frauchens neuer Mann bald öfter zu uns und übernachtete auch hier. Er war keine Katze gewohnt und mochte es nicht, wenn ich auf dem Schlafsofa über seinem Kopf herumturnte. Aber das machte ich ja nun mal so gerne.

Mit der Zeit machten sich meine Herrschaften, so nenne ich immer Frauchen und Herrchen, Gedanken darüber, sich eine gemeinsame Wohnung zu nehmen.

Es gelang ihnen dann in einem Villenvorort von Berlin, eine schöne große Wohnung zu mieten. Für mich war das Schönste an der Wohnung die Möglichkeit, durch die Terrassentür auf die Terrasse und in den Garten zu gelangen. Der Garten war zwar nichts Besonderes, viel Rasen und ein paar Büsche. Aber für mich war wichtig, dass ich mich austoben konnte und immer schön Gras fressen konnte. Manchmal nannten sie mich schon „Schaf". Ich war dann aber nicht beleidigt.

Von mir aus hätten wir da ruhig länger wohnen bleiben können. Mir ging es da ja gut. Nur einmal kam nachts eine Horde Wildschweine und wühlte den ganzen Garten auf. Das war schlecht. Es betraf mich aber nicht sonderlich, denn nachts durfte ich sowieso eigentlich nicht nach draußen. Meine Herrschaften hatten immer Angst, dass ich mich davonmachen würde und nicht zurückfinden würde. – Aber eines Sonntagmorgens wurde es ernster. Als ich gerade gemütlich durch den Garten stolzierte, sah ich ein großes rotes Tier, das mir auflauerte. Ich fühlte mich bedroht. Wie ich später erfuhr, war es ein Fuchs. Als mich dieser Fuchs bedrängte, fing ich ganz laut an zu schreien - wie irre. Es dauerte nur wenige Sekunden, da kamen meine Herrschaften schon auf die

Terrasse gerast. Frauchen vorweg, Herrchen hinterher, denn er ist ja gehbehindert. Aber dafür hatte er einen Knüppel in der Hand. Weiß der Teufel, wo er den so schnell hergeholt hat. Sie machten ein lautes Getöse und verjagten den ollen Fuchs. Da war ich aber froh. Ansonsten war es in dieser Wohngegend ganz ruhig und angenehm.

Gelegentlich hörte ich, wie meine Herrschaften sich darüber unterhielten, dass diese Wohnung eigentlich viel zu teuer sei, um dort längere Zeit zu wohnen. Sie meinten, für das gleiche Geld könnte man sich ein Haus bauen und damit einen Hauskredit abbezahlen, vor allem, da Herrchen schon ein Grundstück in einer mittelgroßen Stadt in der Nähe besaß. Er hatte sich das Grundstück gekauft, als er von Westdeutschland als Aufbauhelfer in den Osten kam. Er wollte damals für seine Familie dort ein großes Haus bauen. Daraus wurde dann nichts. Ihr merkt, es ist ein richtiger Wessi. Seine Familie ist ihn los, und wir haben ihn jetzt am Halse. Nein, nein, so meine ich das nicht! Entschuldigung, ich ziehe alles zurück. Er ist eigentlich ein ganz lieber Kerl, er hat gar keine Wessie-Manieren, also dieses ewig „Besserwissende" usw. Eigentlich ist er der beste Katzenvater, den man sich vorstellen kann. Er unterhält sich ganz viel mit mir, hat mir sogar die menschliche Sprache beigebracht. So kann ich mich mit ihm ganz flüssig „auf Deutsch" unterhalten. Zum Beispiel, wenn ich aus dem Haus will, sage ich einfach „Auaua", was so viel heißt, wie „Auf, raus". Oder, wenn ich zum Sprechen zu bequem bin, dann mache ich

einfach „Rrrrrrr", was so viel heißt wie „Rrrrraus".
Das hat mir alles Herrchen beigebracht.

Nun aber zurück zum Hausbau. Es schien mir ein-
leuchtend, in Höhe der bisherigen Miete einen Hauskredit abzubezahlen und damit Eigentum zu bilden.
Genau genommen konnte ich das natürlich nicht be-
urteilen, aber es wäre schon ein tolles Gefühl, einen
eigenen Garten zu haben ohne einen fremden Fuchs
und wilde Schweine. Diese Vorstellung gefiel mir immer besser.

Eines Tages war es dann so weit. Man schrieb das
Jahr 2003, als die Planungen und die Finanzierungen
so weit waren, dass das Haus gebaut werden konnte.
Wie ich mitbekam, hatten sie sich entschieden, ein
Fertighaus zu bauen, das aber aussah wie eines aus
Ziegelstein gemauert. Das gefiel mir schon mal gut.
Aber nun dauerte es doch den ganzen Sommer, bis
der Einzug ins Haus anstand. Als der Umzug bevor-
stand, war ich sehr aufgeregt. Dazu muss man wissen, dass ich überhaupt nicht gerne Auto fuhr. Zum
einen musste ich immer in mein Katzenkörbchen, das
dann auf dem Rücksitz stand – aber Frauchen setzte
sich wenigstens daneben und streichelte mich. Zum
anderen störte mich dieses Schaukeln des Autos. Ich
dachte: Was würde da nur auf mich zukommen in
dem neuen Haus? Wer weiß, dass Katzen keine Ver-
änderung lieben, sondern eigentlich immer alles
beim Alten lassen wollen, wie es einmal war – wie
viele Menschen auch - der wird mich verstehen. Aber
nun mussten wir da durch. Um die großen Teile

kümmerten sich Profis, also Umzugsleute. Meine Herrschaften hatten mehr mit dem Kleinkram zu tun, Koffer, Taschen usw., aber davon gab es genug.

Als wir am Haus ankamen, war ich erst einmal erstaunt, dass das nun mein neues Zuhause sein sollte. Hoffentlich würde ich mich da gut einleben. Aber vom Garten war nichts zu sehen. Um das Haus herum lagen lauter Sandberge und an der Ecke des Grundstücks standen ein paar Büsche. Das konnte ja heiter werden! Aber lustig fing es schon an. Da der große Teakholz-Schreibtisch von Herrchen im Haus nicht um die Ecken passte, wurde er von den Speditionsleuten kurzerhand durch das Fenster des Arbeitszimmers herein gehoben. Das war vielleicht lustig. Jedenfalls für mich. Es ging dann lustig weiter. Sehr schnell stellten meine Herrschaften fest, dass fast alle Innentüren noch fehlten. Das bedeutete, dass ich in alle Zimmer hereinkonnte, auch ins Arbeitszimmer, wo ein neuer Ledersessel stand, den ich nicht ankratzen sollte. Am Abend wollten meine Herrschaften sich ins Schlafzimmer zurückziehen. Das sah ich gar nicht ein. Ich wollte dabei sein. Da auch das Schlafzimmer noch keine Tür hatte, überlegten sie, wie sie mich aus dem Schlafzimmer fernhalten konnten. Da kam Herrchen auf die grandiose Idee, einfach in den Türrahmen Koffer zu stellen, übereinander. Das war natürlich lächerlich. Mit einem gekonnten Satz sprang ich darüber und war im Schlafzimmer. Aber sie haben mich dann doch hinaus gescheucht, und ich habe mir im Wohnzimmer ein schönes Plätzchen gesucht.

In den nächsten Tagen musste ich mich erst einmal in meinem eigenen Haus einrichten. Mein Katzenklo fand Platz im Hauswirtschaftsraum neben der Heizung und vielen Vorräten. Meine Fressnäpfe wurden dort auch platziert, so dass ich einen schönen kurzen Weg hatte vom Fressen zum Klo. Ganz praktisch! Nur mit dem Garten, das gefiel mir noch gar nicht. Nirgendwo Büsche und Deckung gegen die Hunde auf der Südseite. Wenn sie mich sahen, bellten sie ziemlich aggressiv. Aber wenn ich mich schon nicht verstecken konnte, dann wollte ich sie wenigstens ordentlich ärgern. Entweder, wenn Sonne schien, aalte ich mich vor ihrer Nase auf dem Sandberg. Oder ich wälzte mich hin und her, bis sie das Zittern kriegten. Insbesondere Kicky, der Windhund, begann immer stark zu zittern, wenn er mich vor seiner Nase hatte. Ich glaube, er hätte mich am liebsten verspeist - ich will aber kein Katzenbraten sein. Aber wehe, ich habe auch Krallen! Nicht grundlos haben meine Herrschaften an die Eingangsseite des Hauses ein Schild angenagelt, auf dem ganz dick prangt: „Vorsicht! Kampfkatze!". So wollte ich das auch verstanden wissen.

Jetzt muss ich einmal eine Lanze für meine Herrschaften brechen. Nachdem sie mitbekommen hatten, dass ich mich in meinem neuen Haus sehr wohl fühlte, dass ich aber draußen der Sicht der Hunde ringsherum ausgesetzt war, machten sie sich sofort an die Gartengestaltung. Sie planierten den Boden ums Haus, legten im Westen einen kleinen Wall an, und vor allem pflanzten sie viele Büsche und Sträucher, so dass ich sehr schnell Sichtschutz bekam. Das taten sie für mich!

Und was tat ich für Sie? Eigentlich gar nichts. Manchmal fühle ich mich so richtig als „Schnorrer"-Katze. Ich bekomme immer mein Futter und sonstige Annehmlichkeiten, werde gestreichelt und geschmust und so weiter. Aber dafür bewache ich immer das Gepäck, wenn es im Flur steht und es auf Reisen geht. Und ich bewache die Taschen und Kartons, wenn meine Herrschaften vom Einkauf kommen. Wie mache ich das mit dem Bewachen? Nun ganz einfach. Ich nehme eine unheimlich wichtige Position ein. Ich setze mich in die Diele, drücke das Kreuz durch, strecke den Hals nach oben, lege meine beiden weißen Pfötchen vorne artig nebeneinander und sehe so aus wie ein Wachhund. Da gehe ich dann erst weg, wenn es ganz ernst wird. Zum Beispiel, wenn Herrchen kommt und da unbedingt durch muss. Dann springe ich schon einmal zur Seite. Ist auch besser so. Denn Herrchen ist ja doch gewaltig groß, und ehe er mir auf den Schwanz tritt, gehe ich lieber beiseite. Von Frauchen werde ich immer gelobt, wenn ich so schön das Gepäck oder die Einkäufe bewache. Frauchen hätte ja früher gerne einmal einen Hund gehabt, auch heute manchmal noch. Nun hat sie einen, einen Katzen-Hund!

Ich mache mich auch darüber hinaus noch manchmal nützlich. So begleite ich Frauchen und Herrchen immer, wenn sie zum Briefkasten ans Gartentor gehen, im „Abteilungsleiter-Begleitschritt", das heißt in einem gebührenden Abstand. Auf dem Rückweg rase ich allerdings schnell voraus, damit ich schneller im Haus bin. Auch wenn Frauchen in den Garten geht, um Schnittlauch zu schneiden, gehe ich mit und helfe ihr. Ich schnuppere an dem Schnittlauch herum, beiße dann aber lieber ins Gras, weil Schnittlauch ziemlich bitter schmeckt. Und im Sommer fange ich natürlich Mäuse. Herrchen will mich immer auf Maulwürfe abrichten. Da könnte ich mich nützlich machen. Er sagt dann immer: „Wo ist der Maul? Wo ist der Maul?" – Meine Herrschaften sind schon manchmal ein komisches Volk. So sprechen sie sich gegenseitig mit Tiernamen an. Frauchen ist „Sweini", was so viel heißt wie „Schweinchen", kommt von „Glücksschwein". Herrchen ist der „Bär", von „groß und kräftig".

Hier habe ich eine lustige Geschichte: Am Anfang wollte mein Frauchen ihren neuen Freund immer mit dem Kosewort „Hase" belegen. Das wollte Herrchen aber nicht. Ihn bellten sowieso schon immer alle Hunde an, wenn er vorbei kam, nun wurde das noch schlimmer. Er beschloss deshalb, sich „Bär" zu nennen und damit einen anderen Eindruck auf die Hunde zu machen. Und ihr werdet es nicht glauben! Das klappte sogar auch. Während früher, als er noch „Hase" war, die Hunde ihn kräftig anbellten, so schlichen sie jetzt manchmal gesenkten Hauptes an ihm vorbei, wenn sie ihm entgegen kamen. Manchmal sagte Frauchen zu Herrchen, du brauchst keine

Angst vor Hunden zu haben, du bist ein Bär! Einmal passierte es sogar, dass ein Hund ihn trotzdem anbellte. Da ging Herrchen auf den Hund zu und stellte sich breitbeinig vor ihn und sagte: Sei vorsichtig, ich bin ein Bär, brumm! Das fand ich klasse. So wollte ich das auch machen. Und so machte ich das später auch. Zum Beispiel mit unserem Hund auf der Nordseite, als der mich wieder einmal so fürchterlich ankläffte, marschierte ich schnurstracks auf ihn zu – nun gut, der Zaun war noch dazwischen – und laberte ihn mit meinem Katzengebrabbel voll. Ich machte dabei einen ganz wichtigen Eindruck, blähte meinen Körper richtig auf und streckte meinen Schwanz ganz steif und steil in die Höhe. Na, der Dackel machte gleich ein paar Metersprünge nach hinten. Es war herrlich, das anzusehen. Das habe ich von Herrchen gelernt.

Was kann man nun aus dieser Geschichte lernen? Erstens, Katzenleben und Menschenleben sind vielleicht doch gar nicht so unterschiedlich. Zweitens, ich denke, wenn man richtig selbstbewusst ist und sich etwas zutraut und das anderen auch zeigt, dann lassen die einen auch seinen Weg gehen. Das ist, glaube ich, ganz wichtig. Es klappt aber nicht immer. Zum Beispiel bei Herrchen kam ich mit dem Getue nicht durch. Vielleicht, weil er die gleiche Taktik anwandte.

Gerade fällt mir ein, dass ich mich noch gar nicht mit Namen vorgestellt habe. Ich heiße eigentlich „Gandhi", wie „Mahatma Gandhi". Herrchen sagt einfach immer „Katze" zu mir. Frauchen nennt mich manchmal „Mummel", und der Sohnemann sagt immer „Stinkeding", was ich gar nicht schön finde, denn ich bin sooo sauber. Nun muss ich aber erklären, wie ich zu dem Namen „Gandhi" komme. Man muss wissen, dass ich früher einmal eine ordinäre Straßenkatze war; ungepflegt, struppig und zerzaust. Abgesehen davon hatte ich eine ungewollte Schwangerschaft hinter mir und eine Sterilisation. Als ich zu Frauchen kam, war ich total abgemagert, deshalb hat mich Frauchen auch „Gandhi" getauft.

Übrigens, Frauchen liest öfter einmal so gestrauchelte Typen auf wie mich und Herrchen. Aber nun bin ich ja proper, gesund und vollgefuttert. Wenn ich mich so betrachte, während ich neben der Haustür unter dem Klofenster auf meiner eigenen Matte vor meinem Haus sitze und mich putze, würde ich schon sagen: Ich habe einen guten Weg genommen. Von der halb verhungerten, zerzausten Straßenkatze zu einer properen bürgerlichen Katze, mit gepflegtem weichen Fell. Die Menschen, die zu uns zu Besuch kommen, bewundern immer meine schöne Zeichnung auf dem Rücken und meine vier weißen Pfötchen, die aussehen, als wenn ich kleine Fellstiefelchen anhätte. Ich finde auch, das sieht sehr schick aus. Das hat aber auch einen Nachteil mit den Pfoten. Wenn ich mich im Halbdunkel irgendwo heranschleichen will, sieht man von weitem schon meine leuchtenden Fellpfotenstiefelchen. Damit ist meine ansonsten gute Tarnung im Gebüsch wieder aufgehoben. Im Übrigen habe ich eine schöne schlanke Figur. Früher war ich einmal pummelig. Das hat sich so nach meinem

Unfall ergeben und hat zur Folge, dass ich heute noch besser als früher über Zäune klettern kann, obwohl ich schon ungefähr 12 Jahre alt bin. Von meinem Unfall muss ich später noch einmal erzählen. Das war sehr dramatisch.

Jetzt freue ich mich erst einmal auf den Frühling. Hoffentlich kommt er bald. Und bringt mir viele Mäuse. Zum Spielen. Fressen tue ich die sowieso nie, denn das Fleisch aus der Büchse von Frauchen und Herrchen schmeckt viel besser.

Übrigens bin ich manchmal eine rotzfreche Katze. Ich ärgere Herrchen immer damit, dass ich auf Sitzkissen gehe, die für mich gar nicht bestimmt sind und diese so richtig mit meinen Haaren einsaue. Ich weiß ganz genau, dass ich nur auf meine Sitzkissen soll und die anderen für Frauchen, Herrchen oder Besucher sauber bleiben sollen. Auch wenn sie versteckt sind, fische ich sie mir aus allen Ecken und mache mich darauf richtig breit. Und wenn Herrchen mit mir schimpft, dann tue ich so, als ob ich das nicht kapiere. Aber ich weiß ganz genau, was los ist. Ich mache das mit Absicht. Genauso wie mit den Besuchen in die Nachbargärten. Neulich war ich wieder bei den Nachbarn im Norden, wo die kleine kläffende Bellina wohnt. Ich saß da in der Rabatte, als Bellina aus dem Haus kam. Sie machte ein fürchterliches Getöse und ein Gebelle, das weithin zu hören war. Ich aber rührte mich nicht von der Stelle. Sie machte große Bögen im Garten und kam dann immer wieder auf mich zu, laut klaffend. Aber nie ganz nah heran. Ich habe mich ganz klein gemacht, so dass man mich eigentlich gar nicht sehen konnte. Übrigens: Bei den Besuchen auf dem Grundstück der Nachbarn im Norden fühle ich mich sogar im Recht. Das kommt daher, dass deren Grundstück früher *mein* Grundstück war. Als die da noch gar nicht wohnten, gehörte das nämlich zu unserem Grundstück. Da waren große Walnussbäume drauf und ich hatte ein Riesenfeld zum Spielen, Klettern und Jagen. Das ist jetzt vorbei, denn die Nachbarn haben dort ja ein Haus gebaut. Es gibt zwar immer noch reichlich Platz dort, aber den muss ich mir dann mit deren Hund teilen. Und da ist das Gebelle immer groß! Herrchen und Frauchen von Bellina sehen das Ganze relativ gelassen und denken: Schließlich ist Bellina ein Hund und muss schon sehen, dass er mit einer Katze klar kommt. Ich weiß auch nicht, warum Bellina vor mir immer Angst hat. Vielleicht habe ich ihr, als sie noch klein war, einmal Einen mit meiner Pfote getatscht. Und das wirkt nachhaltig. Aber ich weiß es nicht mehr genau.

Großen Ärger gibt es immer, wenn ich zu den Nachbarn im Osten über den Zaun steige und mich dort auslasse. Wenn die rheumatische Nachbarin – tief traumatisierte Unkrautjägerin - gerade mit Mühe die Rabatten gemacht hat, dann kratze ich besonders gerne alles wieder auf und wühle alles durcheinander. Das ist natürlich hässlich. Die Nachbarn haben deshalb schon mit Frauchen und Herrchen gesprochen. Da sie früher nur einen Hund hatten und keine Katze, kennen sie sich mit Katzen nicht so aus und wissen nicht, dass man Katzen nicht so ohne weiteres bändigen kann. Im Gegensatz zu Hunden überwinden Katzen nämlich jeden Zaun. Die Nachbarn haben deshalb in Unkenntnis und zur Belustigung der ganzen anderen Nachbarn den bestehenden Zaun dadurch erhöhen wollen, dass sie ein Flatterband draufgesetzt haben, das die Polizei sonst bei Absperrungen von Tatorten verwendet. Das war vielleicht lächerlich! Ich bin da locker drüber und durch. Ich lasse mich doch von so einem Kinderkram nicht abschrecken.

Bald ist es wieder soweit. Jetzt im Frühjahr wird die rheumatische Matrone wieder die Rabatten bereiten, einsäen, pflanzen usw. Ich freue mich schon drauf, dann kann ich da wieder rüberspringen und alles durcheinander kratzen. Aber es kommt noch doller! Da diese Nachbarn ihren Erdboden immer sehr schön vorbereiten, immer locker und leicht machen, bietet der Garten ein wunderbar großes Katzenklo, das ich natürlich immer nutze. Das gibt wieder Ärger! Früher, als sie ihren Hund noch hatten – einen Boxer - der aussah wie sein Herrchen, schnüffelte dieser immer hinter mir in dem sogenannten Katzenklo herum, in der Annahme, dass das, was ich da hingemacht hatte, für ihn Leckerlis seien. Der tickte wohl nicht ganz sauber! Das ist ja nun vorbei, der ist schon 2 Jahre tot. Aber wohl nicht, weil er aus meinem Katzenklo gefressen hatte. – Man sagt ja immer, dass Tiere, insbesondere Hunde, und ihre Herrchen sich im Gesichtsausdruck anpassen. Unsere Nachbarn sind ein Musterbeispiel dafür. Der Nachbar, Herrchen von Bulle, macht oft ein Gesicht, als hätte er eine

Boxerschnauze - grimmig und muffelig, nie freundlich oder lächelnd. Nun, wenn diese These auch für mich zutrifft, dann müsste ich ja Frauchen sehr ähnlich sehen. Aber das wäre kein Problem, denn Frauchen sieht ja ganz schnuckelig aus.

Inzwischen wohne ich nun fast 6 Jahre im Landhaus. Es hat sich hier alles eingespielt, und es haben sich feste Riten entwickelt. Katzen mögen feste Abläufe, die sich immer wiederholen. So hält sich Herrchen immer an einen bestimmten Ablauf, wenn er mich ins Haus holen will. Er macht nicht etwa die Haustür auf und ruft mich, nein, er macht es folgendermaßen: Er geht in die Gästetoilette neben der Haustür, macht dort das Fenster auf, guckt heraus und sucht mich. Meist sitze ich dann schon auf meiner Matte unter dem Klofenster. Dann fragt er mich: „Ah, Katze! Reinkommen, feinkommen?" Wenn ich will, antworte ich dann mit einem kurzen „Ja", manchmal auch, wenn ich schon ungeduldig warte, mit einem langgezogenen „Jaajaa". Dann kommt Herrchen herum und macht die Haustür auf. Ich liebe diese Abläufe, da sie mir ein Gefühl von Sicherheit und Geborgenheit geben.

Aber manchmal will ich noch nicht hereinkommen. Dann zicke ich herum und gehe nur bis zur Haustürschwelle, drehe dann wieder um und verschwinde. Meine Herrschaften haben inzwischen einen Trick gefunden, wie sie mich dennoch ins Haus lotsen. Entweder sie schütteln den Karton mit den Katzenbonbons oder sie kommen mit Katzenstangen an. Insbesondere den Katzenstangen kann ich nicht wiederstehen. Manchmal mache ich mich dafür sogar „zum Affen". Wenn sie die Katzenstangen vor meiner Nase hoch und runter halten, setze ich mich auf die Hinterpfoten und richte mich auf, hebe sogar die Vorderpfoten wie ein Tanzbär, nur um an die Katzenstange heranzukommen. Das muss sicher lächerlich aussehen. Frauchen und Herrchen haben jedenfalls immer großen Spaß dabei. Manchmal machen sie auch Bilder davon, wie ich als dressierte Katze da so herumtanze. Man sieht, es ist alles in allem ganz okay für mich.

Aber meine Herrschaften lassen sich immer wieder etwas Neues einfallen. So haben sie vor ein paar Jahren ihre Liebe zur Ostsee entdeckt und sich dort eine kleine Wohnung zugelegt. Das bedeutet, wenn das Wetter gut ist und sie Zeit und Geld haben, dann zieht es sie wenigstens einmal im Monat dorthin. Im Sommer, wenn es sehr heiß ist und man baden kann, auch öfter. Das heißt für mich dann immer, alleine zu Hause zu bleiben, denn Katzen mögen ja keine Reisen, wie ich schon ausführte. Wenn ich alleine zu Hause bin, bin ich zunächst einmal traurig, denn es ist ja dann doch ganz schön einsam hier. Und mit dem Stoffbären kann ich nicht viel anfangen. Meine Stoffmäuse, die ich schon lange durchgekaut habe, sind mir dann auch zu langweilig. Es hat aber auch Vorteile, alleine zu sein, denn dann kann ich über Stühle und Tische turnen, so wie ich das sonst nicht darf.

Wenn meine Herrschaften nur 2 Tage verreisen, so stellt mir Frauchen immer Nahrung für diese beiden Tage hin. Ich teile mir das auch immer schön ein. Ich mache das nicht so wie die Menschen und fresse alles auf einmal. Wenn sie aber mehrere Tage weg sind, zum Beispiel an einem langen Wochenende oder bei Feiertagen, dann kommt die nette Nachbarin - das Frauchen von den 3 Hunden - und versorgt mich. Sie ist immer sehr nett zu mir. Dafür bin ich auch ganz artig – meist! Manchmal, wenn ich schlechte Laune habe, fauche ich sie auch an. Dann ärgert sie sich. Das ist sie ja von ihren Hunden nicht gewohnt.

Was Schmusereien und Streicheleinheiten anbetrifft, lebe ich nach dem Grundsatz: Egal, wer kommt, egal, wer kommt. Ich schmuse also mit der Nachbarin genauso rum wie mit meinen Herrschaften. Aber ich habe gar kein schlechtes Gewissen dabei, denn Frauchen schäkert auch immer mit der Bellina von den anderen Nachbarn herum.

Ganz so treulos wie es scheint, bin ich aber doch nicht, denn wenn Frauchen und Herrchen zurückkommen, freue ich mich meist so doll, dass ich wie verrückt entweder im Garten oder in der Wohnung herumspringe und über alle Möbel rase. Das drückt dann meine große Freude aus. Soweit, so gut, bis hierher. – Ich bin gespannt, wie es weitergeht.

Kommunikation über alles

Hallo, Ihr könnt Euch alle sicher noch an „Kermit", den Frosch aus der Sesamstraße erinnern? Meine Lieblingsfigur! Er sprach manchmal über Töööne. Heute möchte ich auch einmal über Töne sprechen. Manchmal, wenn ich so als Katze im Gebüsch auf meinem Wall sitze und auf die Straße schaue, muss ich mich schon sehr über die Menschen wundern. Manche, die auf dem Bürgersteig heranspazieren – besser gesagt: Marschieren –, hört man schon aus 200 m Entfernung. Sie gestikulieren und reden heftig aufeinander ein. Manche brüllen sogar. Besonders die, die mit dem Fahrrad kommen. Vielleicht glauben sie, der Wind verschluckt ihre Töne und sie müssen deshalb lauter brüllen. Die Menschen nennen dies „Kommunikation". Da muss ich mich schon sehr wundern.

Öfter kommen auch Menschen vorbei, insbesondere junge, die halten sich so ein kleines Kästchen ans Ohr und brüllen da immer hinein. Sie nennen das „Telefonieren mit dem Handy". Das mag ja sein, aber warum schreien die nur so laut? Ob sie glauben, sie müssten so laut schreien, damit der Empfänger sie überhaupt hören kann? Herrchen hat mir erklärt, dass das Unsinn ist. Über so ein schnurloses Telefon kann man ganz weit mit normaler Stimmlage telefonieren, so dass einen der Empfänger auf der anderen

Seite gut verstehen kann. Manchmal habe ich das Gefühl, diese Menschen wollen sich mit ihrem kleinen Handykasten nur wichtig machen. Sie telefonieren überall herum, auf dem Bürgersteig, im Bus, im Supermarkt, einfach fast überall. Es fehlt nur noch in der Kirche. Sie machen beim Telefonieren einen ganz wichtigen Eindruck und kommen sich sehr bedeutungsvoll vor. Als Katze kann ich darüber nur lachen.

Aber was hat das mit Kommunikation zu tun, frage ich mich. Für mich bedeutet Kommunikation etwas anderes: Nicht ein Hin- und Herzurufen von irgendwelchen Informationen, oft belanglosen, über die Orte, wo sie sich grade befinden oder über das Wetter oder sonst was. Für mich bedeutet Kommunikation ein Miteinandersprechen auch über und grade wegen Problemen, die man hat; es bedeutet ein Sich-Öffnen, Sich-Austauschen, Rat einholen bei anderen, ohne sich dabei etwas zu vergeben. Und grade das scheint vielen Menschen sehr schwer zu fallen. Ich sehe immer wieder an den Filmen, die meine Herrschaften sich abends im Fernsehen anschauen, dass Probleme dadurch entstehen, dass Menschen nicht echt miteinander reden, sich nicht gegenseitig über die Dinge austauschen, die ihnen wichtig sind oder die Probleme bereiten zwischen Partnern.

Wenn ich kleine ungebildete Katze das schon sehe, warum bringen die ach so gescheiten Menschen das nicht zustande? Ich glaube, die geben sich einfach keine Mühe. Es ist wohl einfacher, die Informationen für sich zu behalten. Herrchen macht das anders. Er bespricht alle Probleme mit Frauchen und vor allem mit mir (!), in der Annahme, dass ich auch alles verstehe. Da ich sooo eine gescheite Katze bin, kapiere ich auch das meiste, obwohl man mir das kaum anmerkt.

Eigentlich könnte es mir als Katze ja egal sein, was diese Menschen so treiben. Aber mich stört dieses unkultivierte Verhalten der Menschen aus mehreren Gründen. Erstens weiß ich, dass viele andere Menschen sich auch genervt fühlen. Zweitens stört mich der Radau, wenn ich in meiner Gartenwelt zusammen mit anderen Tieren die Natur in Stille genießen will. Drittens vertreiben diese Menschen mit ihrem Lärm meine Vögel und meine Mäuse, auf die ich stundenlang im Gebüsch lauern kann, so dass ich am Ende leer ausgehe. Und das ärgert mich.

Gartenleben

Heute möchte ich einmal über meinen Landhausgarten sprechen. Jetzt im Mai, wenn die Natur erwacht und alle Pflanzen sich entwickeln und sprießen, drängt es mein Herrchen und mich schon morgens hinaus auf die sonnige Terrasse. Herrchen sitzt am liebsten auf der Westseite des Hauses in seiner Bistro-Ecke - und ich daneben. Bistro-Ecke deshalb, weil dort ein runder Bistro-Tisch steht mit 2 kleinen Stühlen. Das weckt eine Illusion von Südfrankreich. Hier sitzt Herrchen zwischen Weinstöcken, Rosen und Lavendel auf der einen Seite, und Palmen und Oleander auf der anderen Seite. Das riecht nach Süden. Herrchen sagt immer, man muss mit Phantasien leben und von Phantasien leben können. Was er meint, ahne ich nur. Am besten macht man sich das an einem Beispiel deutlich. Wenn Herrchen diese südlichen Pflanzen um sich herum hat und den Duft des Südens riecht, lebt er in der Illusion, am Mittelmeer zu sein. Da lebt er wohl mit der Phantasie des Südens. Ein Beispiel von mir: Ich habe ja nun keinen Sexualpartner mehr, ich will es auch gar nicht. Einmal hat mir hier ein schwarzer Kater nachgestellt, das war nix für mich! Ich habe ein großes Theater gemacht. Aber ganz auf Sexualität zu verzichten, ist auch nichts für mich. Wenn ich mit den Menschen herumschmuse, ist das für mich auch eine Art Sexualität, und ich wähne mich in der Illusion, in der Phantasie einer normalen Katzensexualität. Ist ja auch egal, Hauptsache, man fühlt sich wohl! Aber was heißt nun, *von* Phantasien zu leben? Was Herrchen meint, ist wohl, dass einem die Phantasien Vorstellungen bescheren von interessanten Aufgaben oder Tätigkeiten, so dass man sich Perspektiven aufbauen kann. Diese erzielen dann alleine schon, ohne dass sie verwirklicht werden, eine gewisse Zufriedenheit. Das heißt, Herrchen will mit immer neuen Herausforderungen leben können. Oder wie neulich der Sänger Gunter Gabriel sagte: Man sollte immer Baustellen haben.

Hier passt auch ein weiterer Satz von Herrchen her: Er sagt oft, man soll mit dem, was man hat, zufrieden sein; aber man sollte sich damit nicht zufrieden „geben", sondern nach neuen Möglichkeiten und Perspektiven Ausschau halten. Das kann Zufriedenheit ergeben und vielleicht auch ein Glücklichsein.

Ich will hier ein Beispiel von Herrchen bringen. Herrchen ist mit seinem Haus und seinem Garten, so wie sie im Augenblick bestehen, ganz zufrieden. Trotzdem macht er sich öfter Gedanken, was man noch erweitern und ausbauen könnte. Diese Vorstellung macht ihm große Freude und eröffnet ihm eine Perspektive, eine neue Herausforderung zu bewältigen. Zum Beispiel denkt Herrchen darüber nach, wenn er einmal die finanziellen Möglichkeiten hätte, den Dachboden auszubauen und zur Straßenseite einen schönen Erker zu errichten. Auch wenn das noch weit weg ist, gibt ihm das doch eine große Vorfreude, obwohl er den Platz auf dem Boden eigentlich gar

nicht braucht. Aber es geht wohl um die Herausforderung, eine neue Aufgabe zu haben und diese zu bewältigen. Ich glaube, aus diesem Grund hat Herrchen
in seinem Alter das Haus überhaupt noch gebaut. –
Eine Lieblingsbeschäftigung ist es für ihn, Garten-
pläne zu machen und immer neue Baum- bzw.
Buschpflanzungen vorzunehmen.

Ich kann mich in diese Überlegungen gut reinden-
ken. Mir geht es nicht anders. Wenn ich zum Beispiel
aus dem Haus dränge und mir vorstelle, was ich im
Garten alles machen möchte und könnte, an welchen
Gräsern und Kräutern ich riechen und knabbern will,
so bin ich stinkig und sauer und benehme mich wie
ein kleines Kind und krieche unter den Wohnzim-
mertisch, wenn ich nicht hinaus darf. – Es ist gut, sich
vorzustellen, sich auszumalen, wie die Dinge werden
könnten, die man in Angriff nimmt. Aber wichtig
scheint mir dabei zu sein, dass man nicht übermäßig
enttäuscht ist und irgendwie einbricht, wenn das,
was man sich vorgestellt hat, nicht zustande kommt.

So lassen sich manche Dinge, auch von einem klu-
gen und eifrigen Menschen, nicht alleine entscheiden
oder beeinflussen. Ich denke da an den Garten. Wenn
die Menschen sich noch so gute Gedanken machen,
wie sie ihren Garten gestalten können und mit aller
Umsicht neue Pflanzen einbringen, so sind sie doch
nicht davor gefeit, dass ein dicker Regenguss oder ein
Hagelschauer ihnen alles zunichte macht. Oder eine
dusslige Katze genau auf die neu gesetzten Pflanzen
trampelt. Haha! Aber so ist das nun einmal.

Mit dem Garten ist es so wie im richtigen Leben. Man kann sich mühen und abrackern, aber: Ob es ein Erfolg wird oder nicht, eine gute oder schlechte Ernte, das entscheidet ein höheres Wesen. Wenn man Glück hat, wächst alles gut und man hat immer ein reichliches Angebot im Garten. So sind für mich im Sommer immer genügend Gräser vorhanden, an denen ich mich laben kann. Ich mache das dann so, dass ich mit meinen spitzen Eckzähnen – wie ein Vampir – in die Gräser oder Schilfblätter hineinbeiße, den Saft aussauge und dann eventuell noch die Spitzen abknabbere. Das muss wohl sehr niedlich aussehen. Herrchen amüsiert sich jedenfalls immer, wenn er das beobachtet. – Manchmal denke ich: „Gut, dass wir einen Brunnen haben, mit dem Herrchen den Garten unter Wasser setzen kann bei trockenen Zeiten. So ist immer alles schön grün und saftig."

Herrchen gibt sich aber auch sehr viel Mühe, den Pflanzen Wasser zu geben. Er arbeitet nach dem Motto: Viel Sonne – und das haben wir hier im Havelland – und viel Wasser werden die Pflanzen schon zum Leben bringen. Neulich hat Herrchen wieder einmal einen Tannenbaum, der schon im Topf vertrocknet schien, zu neuem Leben erweckt. Genauso hatte er es mit dem Feigenbaum gemacht, der nach dem harten Winter ebenfalls vertrocknet oder erfroren schien. Doch plötzlich entdeckte Herrchen am unteren Stamm, etwa 10 cm über dem Boden, einen kleinen grünen Trieb. Da hat er sich sehr gefreut. Inzwischen ist die Feige wieder zu einem vollen Baum aufgewachsen. – Viel Sonne und viel Wasser – das braucht die Pflanzenwelt! Dann ist sie zufrieden und der Mensch damit auch.

Aber der Garten kann auch Kampf bedeuten. Ich denke hier weniger an die kleinen unschuldigen Mäuschen, die ich immer jage, oder die Vögel, die mich von oben immer wild beschimpfen und bei denen ich anfange zu „schnattern". Schnattern bedeutet ein ruckweises Zusammenziehen meines Gebisses, wenn mein Jagdeifer auf Vögel erwacht.

Ich denke jetzt eher an die Auseinandersetzung mit den Nachbarhunden. Die Bellina im Norden begrüßt meine Herrschaften, wenn sie ankommen, immer mit einem zunächst lauten Gebell, das dann übergeht in ein Gefiepse. Das drückt ihre Freude aus und sie will dann gestreichelt werden oder zumindest an den Fingern riechen. Das ist jedes Mal ein fürchterlicher Affentanz. Sie springt dann auf ihrem Grundstück am Zaun hoch und fiept, bis sie von meinen Herrschaften gestreichelt wird. Da bin ich meist ganz eifersüchtig. Wenn ich bei uns irgendwo auf dem Grundstück bin und das höre, komme ich ganz schnell an, um das zu unterbinden. Neulich hat sie doch Herrchen durch den Maschendrahtzaun den großen Zeh abgeleckt! Gestern stand Herrchen wieder in der Einfahrt und unterhielt sich mit der Nachbarin. Als ich wieder dieses Gefiepse hörte, habe ich mich ganz langsam und leise von hinten angeschlichen, um die Sache zu beobachten. Aber dann wurde mir das zu bunt. Ich bin mit einem Riesensatz auf den Maschendrahtzaun zugesprungen, so heftig, dass ich mit meiner Schnauze dagegen prallte, fauchte dabei wie eine Wildkatze und erhob drohend meine rechte Tatze gegenüber dem Hund. Der hörte sofort auf zu fiepsen und sprang einen Meter auf sein Grundstück zurück. Dann war Ruhe! Dem hatte ich es mal wieder gezeigt. Herrchen ist dann immer ganz stolz, dass er so eine tolle Kampfkatze hat. – Auch so etwas passiert im Garten.

Herbstleben

Jetzt ist eine ganz andere Jahreszeit, das merke ich als Katze auch. Die Sonne scheint zwar noch kräftig, aber die Blätter fallen schon von den Bäumen und liegen alle im Garten herum. Dadurch ist es überall nass und glitschig. Außerdem kommt dazu, dass es nachts schon kräftig kalt wird. Da bleibe ich doch lieber im Haus und lege mich in der Küche in den Einkaufskorb. Neulich war es ganz prima, da hatten meine Herrschaften eine kleine Party. Das war super. Da hatte ich nicht nur den schönen warmen Kamin, sondern ich konnte auch überall noch herumgehen und wurde beschmust. Darüber hinaus hat Frauchen noch aus den Geschichten, die Herrchen immer über mich schreibt, den Gästen vorgelesen. Das war eine richtige Lesung. Bei derlei Vergnügen konnte man schon das schlechte Herbstwetter vergessen.

Aber vielleicht gibt es ja noch einmal ein paar schöne Tage, es ist ja erst Anfang Oktober. Ich würde mich jedenfalls freuen. Ich hätte im Garten noch so einiges zu regeln, zum Beispiel muss ich mich noch von meinen Mäusen verabschieden. Auch Frauchen und Herrchen werden noch einiges machen müssen im Garten. Zum Beispiel neue Pflanzen oder neue Zwiebeln setzen, damit sie im Frühjahr schön blühen können. Darüber können wir uns alle dann wieder sehr freuen.

Als wir neulich noch einmal in der Bistro-Ecke saßen, sagte Herrchen: Auf die Wurzeln kommt es an! Erst wusste ich nicht, was das bedeuten sollte. Es ist doch klar, dass die Bäume und Sträucher nur durch ihre Wurzeln leben können. Aber Herrchen hatte etwas anderes im Sinn. Er wollte den Bezug herstellen zwischen den Wurzeln der Pflanzen und den Wurzeln der Menschen. Herrchen meinte, so wie man jetzt im Herbst dafür sorgen muss, dass die Pflanzen ordentlich Wurzeln bilden - vor allem, wenn man Pflanzen neu einsetzt -, so muss man auch bei den Menschen sehen, dass sie ihre Wurzeln pflegen. Und wenn die Menschen keine Wurzeln mehr haben, so müssen sie sich bemühen, neue zu bilden. Herrchen kennt das aus eigener Erfahrung. Er hat in seiner Jugend nie richtig Wurzeln gehabt und später, nach dem Studium, hat er – beruflich bedingt – an verschiedenen Orten leben müssen, so dass er dort auch keine Wurzeln bilden konnte. Das ging fast bis heute so. Einmal allerdings, sagt er, hätten sich die ersten Wurzeln gebildet, als er zum ersten Mal sich so häuslich niederließ, dass er ein Grundstück mit Haus gekauft hat. Das war im Weser- Bergland. Hier hat er länger gelebt und Kinder bekommen. Das waren Wurzeln. Aber auch diese Wurzeln musste er aus beruflichen Gründen wieder zurücklassen. Nun hat er hier im Havelland wieder angefangen, neue Wurzeln zu bilden. Neue Wurzeln, die ihm vertrautes soziales Gefüge geben sollen. Wenn ich Herrchen richtig verstanden habe, dann habe ich als Katze hier auch schon Wurzeln gebildet, nämlich im Haus, im Garten und im Zusammenleben mit Herrchen und Frauchen. So soll das auch sein, denn die Wurzeln fügen uns ein in ein soziales Netz und eine Umgebung, die Vertrauen, Geborgenheit und Leistungskraft für die Zukunft geben.

Das scheinen aber nicht alle Menschen so zu sehen. Herrchen meint, es gäbe Menschen, die keinen Wert auf ihre alten Wurzeln legen bzw. überhaupt auf Wurzeln. Es gäbe sogar Menschen, die kappen ihre Wurzeln, weil sie nicht mehr an ihre Vergangenheit erinnert werden wollen bzw. sich von ihrer Vergangenheit lösen wollen. Das kann man sicher unterschiedlich sehen. Herrchen jedenfalls meint, man soll zu seinen alten Wurzeln stehen, wenn man noch welche hat. Ansonsten soll man sie suchen oder neue bilden.

Hier – glaube ich – liegt Herrchen ganz auf einer Linie mit unserem Ministerpräsidenten, der ein Buch geschrieben hat mit dem Titel „Zukunft braucht Herkunft". Das ist das, was Herrchen auch meint.

Und so wollen wir das auch im Herbst wieder mit den Pflanzen machen. Am kommenden Wochenende werden Frauchen und Herrchen neue Zwiebeln in die Erde setzen, damit sie frühzeitig schön Wurzeln bilden und im nächsten Frühjahr wunderschön blühen können. Und die Menschen und die Katzen sollen auch im Winter ihre Wurzeln pflegen, damit sie im nächsten Jahr kraftvoll leben können.

Abschließend meine ich, dass Herrchen mit seinem Thema „Wurzeln der Vergangenheit" ein ganz wichtiges Thema angeschnitten hat. Wenn man nichts über seine Vergangenheit, über seine Wurzeln weiß, wie soll man dann eine gute Orientierung für die Zukunft finden? Herrchen bedauert es deshalb selbst oft, dass er den Familienstammbaum, den sein Vater einmal angefangen hat, nicht fortführen kann, weil er nach dem Tode seines Vaters verloren gegangen ist.

Für mich als Katze sehe ich das Ganze ein bisschen anders. Ich habe keine Ahnung, wo ich herkomme, und ich denke, das ist für mich auch nicht so wichtig wie für Herrchen. Ich döse in den Tag und in die Nacht hinein, fresse mehr oder weniger viel und lauere nur darauf, dass ich auf meine Kosten komme und verwöhnt werde.

Inzwischen hat sich das Wetter verändert. Jetzt kann man den Herbst einmal von einer ganz anderen Seite sehen. Der Himmel ist aufgerissen, die Wolken sind verschwunden, es strahlt ein tiefblauer Himmel. Und dieses Licht! Es ist im Herbst wirklich faszinierend. Sonnenstrahlen schießen wie Blitze durch das Geäst der Büsche und Bäume. Ein leichter Windzug lässt die verbliebenen goldenen und roten Blätter vor sich hintanzen. Es ist ein Farbschauspiel erster Güte. Die Pflanzen saugen das Licht der Sonne – wahrscheinlich das letzte Mal in diesem Jahr – intensiv auf und beginnen noch einmal zu blühen. So zum Beispiel die Zucchini und die Paprikapflanzen an der

Südseite des Hauses. Phantastisch, wo die Pflanzen wohl diese Kraft hernehmen? Dies zu sehen, gibt auch den Katzen und den Menschen noch einmal einen Schwung. Die Sonnenblumen, die im Sommer eine Höhe bis zur Dachrinne erreicht haben, nicken im leichten Wind zustimmend mit ihren riesigen Tellerköpfen. Der Pfirsichbaum, zu dessen Füßen sich eine Menge abgefallener Pfirsiche versammelt haben, wiegt seine leichten Äste hin und her, als wolle er sagen: „Wartet nur ab, bis der erste Herbststurm kommt. Dann sieht alles anders aus." – Dieser Pessimist! Lass uns doch einmal diese Fülle von gleißendem Licht und grünbuntem farbigem Schatten genießen.

So hat der Herbst noch einmal eine Wende zum Schönen hinbekommen. Herrchen sagt manchmal: Auch ein Sonntag kann noch ein schöner Samstag werden. Der Herbst ist ein Rätsel. Wie wird es im nächsten Jahr weitergehen?

Vorwinterleben

Es ist zwar noch Oktober, aber ich fühle mich schon wie im November. Und das bedeutet nichts Gutes. Ich hasse den November. Es ist alles so trüb und grau, keine Sonne - nichts! Von mir aus könnte man den November auslassen. Herrchen sieht das genauso. Er latscht durchs Haus mit einem griesgrämigen Gesicht. Es kommt noch dazu, dass ihn laufend Mahnungen ärgern, die er bekommt. Er nennt sie Drohbriefe. Heute sogar von einem Rechtsanwalt. Das war die Höhe. Herrchen war stinksauer. Ich kann das verstehen, aber was juckt mich ein Rechtsanwalt?

Herrchen sagt, er hat schon alles für den Winter vorbereitet. Die Pumpe aus dem Garten ist abgebaut, sie steht in der Kammer, wo mein Futter steht. Das Auto hat schon Winterräder drauf. Jetzt kann's losgehen mit dem Winter. Aber Herrchen und Frauchen wollen noch einmal, ehe es so richtig glatt wird auf den Straßen, an die Ostsee fahren. Dann bin ich wieder alleine am Wochenende hier. Und das ist langweilig. Und es gibt kein Kaminfeuer. Aber mein Futter teile ich mir schön ein. Dann stehen immer mehrere Töpfe, und ich fresse einen nach dem anderen leer.

Wenn ich doch einmal hinausgehe und so über die Terrasse schleiche, dann überkommt mich das kalte

Grausen. Es ist nass und regnerisch. Die Kübelpflanzen sind alle weg. Herrchen und Frauchen haben sie neulich ins Haus geholt. Im Wohnzimmer sieht es aus wie in einer Orangerie. Und man wird's nicht glauben: Es blüht sogar noch drinnen der Oleander. Aber hier draußen ist es kahl und leer. Da fehlt etwas. Wenn ich um die Ecke schleiche und die Zucchinipflanzen vor mir sehe, dann werde ich ganz traurig. Diese Pflanzen, die im Sommer ganz zackig erigiert da standen, und auf die Herrchen ganz stolz war, weil sie Riesenfrüchte trugen – er nannte sie immer Granaten -, liegen nun platt und matschig am Boden. Ekelig! Ich glaube, Herrchen und Frauchen werden sie bald auf den Kompost entsorgen.

Bei diesem ollen Wetter gehe ich dann doch lieber ins Haus und setze mich freiwillig auf meine Kissen, so wie meine Herrschaften das wollen. Herrchen sagt immer, man muss die Katzen nur solange mit der Nase auf etwas stupsen, bis sie selber wollen, was Herrchen will. Ich weiß nicht, ob das so ganz stimmt, aber vielleicht ist ein bisschen was dran. Ich glaube, für Menschen gilt das ähnlich.

Ich fläze mich auf dem Sofa herum und gehe auch gar nicht nach draußen. Was soll ich da auch? Ist ja nüscht los. Ich warte eigentlich nur auf den Abend, wenn Frauchen nach Hause kommt und der Kamin angezündet wird und meine Herrschaften ein Schlückchen trinken. Dann kann ich es mir wieder bequem machen. Ich marschiere zu Frauchens Sessel, strecke mich, gucke oben über die Lehne und jumpe hoch. Ich kuschele mich bei Frauchen auf dem Sessel schön ein und der Kamin wärmt meinen Rücken. Wunderbar! – Das ist das Beste am November.

Der Abgesang

Da saß er nun wieder einmal in seiner kleinen Bibliothek und dachte über das Leben nach. Draußen stürmte es und goss in Strömen. Das entsprach seiner Stimmung. Wie gern würde er wieder einmal ans Meer fahren. Dort eintauchen in die frische Ostseeluft und sich richtig strecken und dehnen. Aber erstens hatte er kein Geld und zweitens musste seine Frau arbeiten. Dies wäre alles zu ertragen gewesen. Aber er hatte richtig dicke Probleme. Bei dem Blick aus dem Fenster auf den strömenden Regen wurde er immer trübsinniger: „So ist das also, wenn es nicht mehr weitergeht", dachte er und sackte immer tiefer in Depression. „Wir werden alles verlieren, den Garten, das Haus, das Wohnumfeld." Was war geschehen? Nun, sie konnten schon wieder die fällige Rate für den Baukredit nicht bezahlen. Die Bank würde ihnen den Baukredit kündigen und damit wären sie am Ende.

Es ist so schwer, seinen Besitz zu verlieren, vor allem, wenn er mühevoll aufgebaut wurde, wie das Grundstück, das Haus, der Garten. Wieso hängt unser Herz so stark an solchen Dingen? Es sind doch – juristisch gesehen – nur Sachen. Aber diese Sachen bedeuten uns viel mehr als nur irgendwelche Sächlichkeiten, denn sie bilden den Rahmen und die Umgebung für die ganzen persönlichen Beziehungen. Familien, Freundschaften, Nachbarn usw. Selbst die

Pflanzen bekamen einen persönlichen Charakter. So waren einige von ihnen ja auch mit Namen versehen. Hier drohte also nicht der Verlust von schnödem Besitztum, sondern von persönlich geprägter heimischer Umgebung.

Ihm kam der Gedanke, für wen es wohl der größere Verlust wäre, ob für Sie oder die Katze. Unvorstellbar, dass die Katze nicht mehr in ihren paradiesischen Landhausgarten eilen könnte. Die Vorstellung, die Katze in einer Mietwohnung einzusperren, bedrückte ihn sehr. Er selber würde wahrscheinlich dank seiner intellektuellen Vorstellungskraft und seiner noch vorhandenen Mobilität für sich ein anderes Stück Natur erschließen können. Aber die Katze als reiner Stubentiger? Unvorstellbar! Es täte ihm in der Seele leid.

Kannst du die Sprache der Pflanzen? Das wäre wichtig. Vor ein paar Tagen hatten sie draußen auf der Terrasse gesessen, als er schon in trübsinnige Gedanken abrutschte. Es war, also ob die Pflanzen das gespürt hätten. Es war Totenstille, um die ganze Terrasse herum. Nicht ein Blatt bewegte sich. Es war, als ob die Pflanzen einer Beerdigung beiwohnten. Ihm kamen die Tränen.

Gottes Natur ist viel intensiver als die Menschen manchmal glauben. Wenn Gott die Menschen mit halb so viel Power ausgestattet hätte wie die Pflanzen, dann wäre unsere Welt heute besser! Zu viele Menschen leben nach dem Motto: „Uns geht es Scheiße, aber wir sind die Größten." Ihm ging es im

Augenblick allerdings anders. Von Größe war hier nicht zu reden. Ganz im Gegenteil. Eine ganz tiefe Traurigkeit nahm ihn immer mehr in Besitz, so dass er sich wie gelähmt fühlte. Es fiel ihm schwer, seine Gliedmaßen zu bewegen oder Gedanken zu sammeln und zu ordnen. Eine tiefe psychische Lähmung hatte ihn ergriffen. Wer konnte ihm da heraushelfen? Er versuchte es selbst, indem er in den Garten ging und sich dort mit dem Beschneiden von Bäumen und Büschen beschäftigte. Inzwischen war ein starker Wind aufgekommen, der die Wolken auseinander trieb und plötzlich sogar die Sonne zum Vorschein brachte.

Ihm schien es, als ob die Wolken auch seine düsteren Gedanken auseinander getrieben hätten. Mit dem Erscheinen der Sonne kam wieder so etwas wie Lebensgefühl in ihm auf. Er dachte, er müsse wieder aufstehen und weitermachen. Ihm war nämlich eingefallen, was er alles schon verloren hatte und wie er trotzdem weiter gemacht hatte. Wie im Zeitraffer flogen an ihm vorbei: Erste Ehescheidung. Zweite Ehescheidung. Verlust seiner Kinderzeitumgebung. Verlust seines ersten eigenen Hauses, an dem er sehr gehangen hatte. Verlust der Wohnlage in einem sehr schönen Großstadtvorort im Weser Bergland, von dem sein Studienfreund einmal gesagt hatte: „Wenn ihr hier einmal wegmüsst, dann werdet ihr es wie die Vertreibung aus dem Paradies empfinden." Verlust des Gitarrenspielens und des Schwimmenkönnens nach dem Schlaganfall.

All das hatte er überwunden und verdaut. Warum sollte er es diesmal nicht überstehen und verkraften? Eine Ärztin hatte ihm einmal nach seinem Schlaganfall gesagt, dass er seine Probleme mit intellektuellen Tricks zu lösen versuche. Das war sicherlich richtig. Und so wollte er es diesmal auch versuchen. Ob das klappt, weiß man vorher nie. Aber warum sollte es diesmal nicht auch klappen? – Allerdings war diesmal die Dimension eine andere. Emotional und finanziell. Aber auf wen konnte er bauen? Nun, er musste sich wohl wieder einmal mit Gottes Hilfe selbst aus dem Sumpf ziehen. Deshalb nahm er sich vor, sein Herz nicht zu sehr an die Dinge zu hängen, sondern mit den ihm verbleibenden Welten intensiv zu leben. Das waren unter anderem seine Familienwelt und seine Bücherwelt.

Kapitel II – Selbstgespräche einer Katze – Frühjahr 2010 –

So, langsam geht es wieder los. Es ist zwar noch Winter, aber jetzt im März scheint die Sonne schon kräftig und die Tage sind schon länger geworden. Deshalb dränge ich auch öfter nach draußen, wo ich dann schon wieder längere Ausflüge in die Nachbargärten unternehme. Aber da es noch recht kalt ist, zieht es mich doch schnell immer wieder ins Haus zurück. Dort mache ich Herrchen manchmal ganz verrückt. Kaum bin ich drin und habe mich an den Fressnäpfen gelabt, so will ich schon wieder hinaus. Herrchen hat kein Verständnis dafür und sagt: „Du bist doch gerade erst reingekommen, du Dussel!" Er versteht mich nicht. Mir geht es darum, das zu machen, was ich im Augenblick gerade will und was mir gerade so einfällt. Er müsste eigentlich dafür Verständnis haben, denn er liest zurzeit ein Buch, das ihm rät, nicht im Gestern und im Morgen zu leben, sondern im Heute. Herrchen hat mir erklärt, dass eine der tragischsten Eigenschaften der menschlichen Natur der Hang ist, das Leben aufzuschieben. Der römische Dichter Horaz soll einmal gesagt haben: „Glücklich der Mensch, glücklich er allein, der das Heute ganz besitzen kann, der in sich ruhend sagen kann, das Morgen, sei es noch so schlimm, ich habe heute gelebt."

Nun, das muss doch auch für mich als Katze gelten. Wenn ich gut gefressen habe und dann schon wieder raus will, na, dann will ich eben raus. Herrchen könnte sich hier ruhig etwas flexibler und großzügiger zeigen, denn ich will ja draußen nichts verpassen. Ich will mein Katzenleben eben jetzt leben und nicht morgen.

Ich glaube, Herrchen ist manchmal ein wenig in seiner Gedankenwelt gefangen, zum Beispiel macht er den Fehler zu grübeln und auf der anderen Seite sich Gedanken zu machen über Dinge, die morgen passieren könnten, dann aber gar nicht passieren. – Ein französischer Philosoph hat einmal gesagt: „Mein Leben war voll von fürchterlichem Unglück, das meistens gar nicht geschehen ist." Hier müsste Herrchen, glaube ich, noch ein bisschen an sich arbeiten. Aber wie mache ich ihm das nur klar? Mein Katzengebrabbel versteht er sowieso nicht. Vielleicht kommt er ja selber drauf. Ich muss ihn einfach nur immer wieder in die Pflicht nehmen, selbst wenn ich gerade hereingekommen bin, immer wieder hinaus zu wollen. Irgendwann wird er es dann schon begreifen.

Es tut mir ja ein bisschen leid, dass ich über Herrchen so lästerlich rede. Aber ich denke, wir müssten uns doch gegenseitig ein bisschen befruchten. Man kann auch mal von einer Katze was lernen, vor allem, wenn es so ein schlaues Biest ist wie ich. Im Übrigen habe ich Herrchen im Augenblick sowieso ganz gut im Griff. Wenn ich draußen war und Herrchen mich reinlockt durchs Klofenster, dann schieße ich, nachdem er die Haustür aufgemacht hat, sofort vorbei an ihm in die Küche, renne aber nicht in die Kammer, wo das Futter steht. Nein – ich setze mich unter Frauchens Stuhl, lege beide Pfötchen vorne artig nebeneinander und gucke mit einem ganz treuen Blick zu Herrchen hoch. Manchmal brabbele ich auch noch irgendein Zeug daher. Aber Herrchen versteht das sowieso nicht. Er sagt dann immer: „Katze, wat los? Ick versteh dat nich!"

Aber inzwischen versteht er das schon ganz gut. Er weiß jetzt, dass ich, wenn ich dort so sitze, Katzenbonbons aus der Dose haben will. Das hat Herrchen schon begriffen. Manchmal flucht er dann und sagt: „Scheiße, die Bonbons sind bald alle, Katze." Aber er gibt mir dann doch immer noch ein paar. Ich klaube dann auch alle auf und suche, dass bloß nicht irgendeiner übrig bleibt. Manchmal gehe ich dann auch artig in die Kammer, um zu fressen. Wenn Herrchen pfiffig ist, dann verdrückt er sich schnell in seine Bibliothek. Aber ich weiß ja, wo er hingeht. Ich rieche ihn nämlich. Ich renne dann hinterher, sitze vor seiner Zimmertür und jösele fürchterlich rum. Bis ihm das zu viel wird. Dann kommt er, reißt die Tür auf und bläkt mich an: „Katze, wat los! Wat los hier?" Meist gebe ich dann nach und trolle mich ins Wohnzimmer, knalle mich auf meinen Hochsitz aufs Sofa und falle in meinen Döseschlaf. Dieser lange Mistwinter geht mir sowieso auf den Geist. Dieses Jahr war der Schnee so hoch, dass ich da gar nicht durch konnte. Ich habe mich immer nur in dem schmalen Streifen

bewegt, den Herrchen für die Fußgänger freigescho-
ben hatte. Durch den Tiefschnee zu gehen, hatte ich
keine Lust. Das ist mir zu unangenehm, diese Kälte,
das eisige Zeug. Aber das ist ja nun hoffentlich bald
vorbei.

Ein neues Jahr

T ja, Leute, nun bin ich schon wieder ein Jahr älter. Ich wünsche mir noch einmal einen richtig schönen Sommer mit viel Grün und schönen Blüten und wunderbaren Früchten, zum Beispiel wieder so dicken Zucchini für Herrchen und Frauchen. Da möchte ich das mit Herrchen und Frauchen noch einmal so richtig genießen.

Jetzt fällt mir ein, ich habe von Frauchen eigentlich wenig erzählt. Aber das hängt sicherlich damit zusammen, dass sie den ganzen Tag arbeiten geht und auch sonst noch zusätzliche Arbeiten übernimmt, um hier die Schulden abzubauen und letztlich auch, um mein Katzenfutter bezahlen zu können. Da kann ich also nicht meckern. Aber es kommt noch hinzu, dass Frauchen nun einen neuen Liebling hat. Das ist ihr kleines süßes Enkelkind, ich habe schon einmal ein Bild gesehen. Ganz zuckersüß! Ich hoffe, das kommt uns bald einmal besuchen. Dann will ich mir das auch mal anschauen. Ich glaube, kratzen darf ich es nicht. Aber sicher ein bisschen anschnuppern. Das wird bestimmt ein Vergnügen für mich.

Nun sind Frauchen und Herrchen also richtige Großeltern, ohne das bisher allerdings groß gefeiert zu haben. Ich will mal wieder hier eine richtige anständige Sause erleben, wo ich wieder von einem auf den anderen springen kann, wie ich das schon manchmal gemacht habe, wenn Gäste kamen. Das wird wieder eine Freude. Nicht für alle, aber für mich. Wenn einer frech wird, dann ziehe ich ihm einmal meine Kralle durchs Gesicht. Aber das wird vielleicht gar nicht nötig sein.

Ich wollte noch was ergänzen: Dass Frauchen so viel arbeitet und auch noch Nebenarbeiten annimmt, finde ich ganz toll. So brauche ich keine Angst zu haben, dass ich kein Futter mehr bekomme. Ich glaube, Herrchen findet das auch toll. Er bewundert Frauchen dafür ein bisschen. Aber irgendwo muss das Geld ja herkommen. Herrchen hat mit seinen Büchern, die er über mich schreibt, noch nicht einen Euro eingenommen. Hoffentlich ändert sich das einmal. Ich glaube, ich muss mal anfangen, selbst diese Bücher zu vermarkten. Ich will ja schließlich auch berühmt werden. So lesen nur unsere Nachbarn und unsere Familienmitglieder die Geschichten über mich und amüsieren sich, ohne einen Cent zu bezahlen. Das ist nicht in Ordnung. Ich will Herrchen gönnen, dass er als Autor auch einmal bekannt wird und auch ein paar Euro damit einnimmt. Das käme mir ja dann wieder zugute, dann bekäme ich vielleicht noch leckerere Katzenstangen oder mehr Bonbons vielleicht, ha!

Frauchen sagt immer, Katzen spüren, wie das Wetter ist oder riechen das. Mag ja sein, aber heute Morgen habe ich nichts gespürt und nichts gerochen. Als Herrchen aus dem Badezimmer kam, habe ich ihn gleich gedrängt mich hinauszulassen. Er hat sich erst gar nicht darum gekümmert. Er hat seinen Kram in der Küche gemacht, seinen Tee aufgebrüht und so weiter und dann die Rollos hoch gezogen, wobei ich immer mitgehe und mithelfe. Dann habe ich aber doch gedrängt, mich nach draußen zu lassen. Als er die Haustür öffnete, raste ich raus, stutzte dann aber vor der Haustür, zog also quasi meine Handbremse an, und staunte, was ich da sah. Die Einfahrt war weiß von Schnee. Vielleicht hätte ich doch lieber drin bleiben sollen. Aber nun musste ich da durch, denn die Haustür war schon wieder zugeschnappt. Entweder habe ich heute Morgen nicht aufgepasst, oder ich bin eine dusselige Katze oder die Katzen spüren und riechen doch nicht alles, so wie Frauchen das immer glaubt.

Dieser Schnee am 12. März wird, glaube ich, wohl nicht liegen bleiben. Die Temperaturen bewegen sich um den Gefrierpunkt, und es sieht mehr nach Regen als nach Schnee aus. Mal schauen, ob die Mäuse das Wetter stört. Wenn ja, dann gehe ich eben wieder hinein und fläze mich auf meine Kissen.

Als ich hereinkam, sah ich sofort die Bescherung. Ich hatte vor dem Rausgehen mal wieder gekotzt, und zwar nicht nur auf mein Kissen, sondern auch auf das Sofa, dahin, wo Herrchen und Frauchen auch öfter sitzen. Das war natürlich Mist. Herrchen sagte dann zu mir immer: „Kotzekatze!" Er hatte ja Recht, aber ich machte das ja nicht mit Absicht. Manchmal, wenn ich mir zu viele Haare abgeschleckt hatte, musste ich so würgen und dann kam es eben. Ich gab dann immer so komische Fieplaute ab und wollte rückwärts ausweichen. Wenn Herrchen mich dabei erwischte, schickte er mich schnell nach draußen, damit ich mich dort auskotzen konnte. Aber heute hatte er nichts mitbekommen.

Mein Herrchen leistet sich manchmal aber auch ulkige Dinge. Als er vorhin die Schere suchte, die immer auf dem Kaminsims lag, fand er sie nicht. Er überlegte und suchte, wo sie sein könnte. Dann ging er auf einmal zur Terrassentür und schaute hinaus. Und siehe da – die Schere hing an dem Baum, den Frauchen und Herrchen gestern Nachmittag an einen Pfahl angebunden hatten, damit er sich ein wenig aufrichten sollte. Der Baum, der wichtigste im ganzen Garten – er trägt die meisten und leckersten Äpfel –, hatte sich im letzten Herbst stark zur Seite geneigt. Herrchen hatte scherzhaft gesagt: „Der Baum mit seiner Schieflage ist symptomatisch für die Familie." Und das wollten Frauchen und Herrchen etwas aufbessern.

Herrchen hatte gestern nach dem Abschneiden der Schnur die Schere an einen Stummelast an den Baum gehängt und sie dort vergessen. Das war für die Schere natürlich nicht gerade zuträglich, denn es hatte über Nacht geregnet und geschneit. Wenn mich nicht alles täuscht, können solche Scheren schnell einmal rosten, und dann sind sie hin. Da muss Herrchen schon ein bisschen besser aufpassen. Wenn Herrchen zu mir immer „Kotzekatze" sagt, dann könnte ich zu ihm „Trottel-Herrchen" sagen. Aber wir wollen die

Sache nicht auf die Spitze treiben, da wir uns ja sonst gut verstehen.

Ich habe mal gehört, dass es Katzenfänger geben soll. Deshalb bin ich immer sehr vorsichtig und aufmerksam, wenn andere Leute bei uns sind. Das gilt insbesondere für die Onkels, die immer die Pakete bringen. Dann schlage ich einen weiten Bogen. Gestern, als ich meine Runde ums Haus machte, meine „Inspektion", hörte ich, dass hinter der Haustür Stimmen waren und die Haustür ein Stückchen geöffnet war. Ich linste vorsichtig um die Ecke, aber Herrchen hatte mich gleich gesehen. Er sagte: „Katze, komm rein, hier ist nur Onkel Dodo; den kennst du ja." Das stimmte. Den kannte ich. Onkel Dodo kommt immer und bringt ausgelesene Zeitungen und große Hühnereier. Und im Sommer kommt er öfter in den Garten und trinkt mit Herrchen Obstler auf der Terrasse. Ich weiß nicht warum, aber ich habe mich ganz schnell verdrückt. Ich bin nicht hineingegangen, sondern habe einen großen Bogen um das Haus geschlagen. Als Onkel Dodo dann weg war, bin ich ins Haus hinein. Manchmal kann ich mir das auch nicht erklären, warum ich so und nicht anders reagiere. Vor allem in diesem Fall, weil ich Onkel Dodo ja schon kenne und weiß, dass Onkel Dodo wahrlich kein Katzenfänger ist, sondern Onkel Dodo mit den dicken Eiern.

Dummes Zeug

Heute hat mich Herrchen wieder einmal dabei erwischt, wie ich dummes Zeug machte. Ich wollte einmal sehen, was bei den Nachbarn im Osten so los ist. Ob sie wohl schon dabei sind, mein Katzenklo wieder vorzubereiten? Dazu bin ich auf das Kaminholz geklettert, das an der Ostseite des Hauses aufgestapelt ist. Dort hat man einen sehr schönen Hochsitz und einen wunderbaren Überblick über den eigenen Garten und den der Nachbarn.

Als ich so auf den Hölzern herumturnte, fing plötzlich der Boden unter mir an wegzusacken. Ich wusste erst gar nicht, was los war. Aber dann spürte ich die Bescherung: Die Kaminhölzer, die ja zum Teil rund sind, begannen unter mir wegzurollen. Ich hatte wohl durch meine Herumkletterei diese Hölzer in Bewegung gebracht. Es gelang mir gerade noch, mit einem riesigen Satz in den Garten zurückzuspringen, ehe der ganze Stapel von Kaminholz, der rechts und links keine stützende Begrenzung hatte, mit einem lauten Gepolter zur Seite rutschte und in sich zusammenfiel. Das war knapp gewesen. Ich habe Glück gehabt und mich nicht dabei verletzt. Aber nun lag das ganze Kaminholz auf dem Rasen verstreut herum und musste wieder neu aufgestapelt werden.

Herrchen hatte wohl das Getöse im Haus gehört und war sofort herausgekommen. Er tauchte plötzlich um die Hausecke auf und sagte immer wieder: „Katze, Katze! Katze, Katze!" So wie ich Herrchen kannte, fing er gleich wieder damit an, das Holz neu aufzustapeln. Das war gut so, denn dann konnte ich wieder auf meinen Hochsitz und schauen, was bei den Nachbarn passierte. Das war wichtig! Denn ich hatte gesehen, dass die Nachbarn schon wieder neue Erde herangefahren hatten, um ihren Boden aufzulockern. Das war ja wieder mein Feld. Hier konnte ich kräftig helfen, den Boden durch Kratzereien aufzulockern. Aber das würde den Nachbarn gar nicht gefallen. Sie würden wieder versuchen, mich mit allen möglichen Mitteln davon zu scheuchen. Dabei wäre es doch so einfach, mich loszuwerden: Man muss wissen, dass ich Wasser hasse. Nur ein paar Spritzer reichen, und ich mache mich schon davon - so wie Herrchen mit seiner Gießkanne das Restwasser auf mich spritzt.

Für heute hatte Herrchen wohl die Nase voll, denn er lockte mich gleich ins Haus, was ich dann auch mitmachte. Also mussten die Nachbarn noch ein bisschen auf mich warten. – Wo wir schon beim „Drinnen-Leben" sind, noch folgendes vielleicht: Gelegentlich sollten sich die Menschen mehr in das Katzenleben hineindenken können. So sagt Herrchen manchmal, wenn er mich vor der Wohnzimmertür sitzen sieht: „Die Katze ist schon wieder zu faul, die Tür aufzumachen und wartet auf jemanden, der sie ihr öffnet!" Frauchen verteidigt mich dann: „Du musst dir vorstellen, wie groß und schwer sie für die Katze ist. Das ist so, als wenn du immer durch ein Scheunentor gehen und es auf- und zumachen müsstest." Recht hat sie. Deswegen bin ich immer froh, wenn jemand kommt und die Tür aufmacht und ich einfach mit hineinhuschen kann. Ich glaube, Herrchen sieht das auch ein.

Rundkuchen und Musik

Übrigens glaube ich, dass die Menschen von den Katzen noch einiges lernen können. Zum Beispiel, wie man sich richtig entspannt. Ich mache das immer so, dass ich mich ganz flach hinlege und dann zu einem Rundkuchen zusammenrolle. Wichtig dabei ist, dass man sich ganz auf die Mitte konzentriert – also die Bauchgegend. Das gibt ein ganz wohltuendes Bauchgefühl und innere Ruhe.

Aber es geht auch anders: Herrchen hat mir neulich erzählt, dass man, wenn man Ausgeglichenheit und innere Ruhe haben will, sich mit seinem Partner zusammenlegen kann und sich eng aneinander ankuschelt. Dabei ist es wichtig, dass sich die Wärme des Einen auf den Anderen überträgt. Ich glaube, man nennt das auch „Löffelchen". Das könnten wir Katzen natürlich auch machen, aber dazu braucht man einen Partner, den ich ja nicht habe. Und die schwarze Katze auf der anderen Straßenseite mag ich nicht. Mit der mache ich das nicht! - Bei meinem „Rundkuchen" kann ich wunderbar entspannen und bin hinterher wieder sehr kräftig und tatendurstig. Herrchen hat das neulich auch einmal ausprobiert, und es hat ihm gut getan. Er macht es jetzt immer öfter. Es muss so etwas Ähnliches sein wie autogenes Training. Wir Katzen brauchen das nicht zu lernen. Wir haben das von Geburt an drin. Wir können's eben! Die Menschen quälen sich manchmal ganz schön einen ab, ehe sie zu dem Punkt kommen. Und manche lernen's nie.

Habe ich schon gesagt, dass ich eine ganz musikalische Katze bin? Wenn Herrchen das Haus verlässt, lässt er immer Musik an, damit ich etwas zum Hören habe. Das freut mich. – Aber ganz besonders freue ich mich auf den Dienstagabend. Da schauen wir immer alle Fernsehen, und zwar die Sendung „In aller Freundschaft", die in der ARD kommt. Die haben dort so eine schöne Eingangsmelodie, die mich sehr begeistert. Sie heißt: „Love is enough" oder so ähnlich. Frauchen singt das immer mit. Ich bin dann immer ganz hingerissen, spitze die Ohren, erhebe mich auf meinem Sitzkissen und marschiere zu Frauchen, um ihr auf den Schoß zu springen. Sie singt dann weiter und ich brumme die Melodie mit. Herrchen amüsiert sich immer köstlich, dass ich so wie dressiert aufspringe, wenn ich diese Musik höre. Aber es ist nicht die Musik alleine, sondern es ist die Art und Weise, wie Frauchen sie singt. Denn wenn Herrchen das Lied singt, juckt mich das wenig. Vielleicht singt er es ja auch falsch, aber zumindest nicht so hoch. Herrchen sagt immer, Frauchen könnte mir mit im Zirkus auftreten, da ich so fasziniert von dieser Melodie wie dressiert aufspringe und zu Frauchen gehe. Das muss sehr lustig sein. Neulich hat Herrchen zu Frauchen gesagt, sie soll doch auf der Terrasse das Lied mal singen, was sie auch tat. Ich riss sofort meinen Kopf herum, machte die Ohren ganz spitz und marschierte zu Frauchen. Herrchen konnte sich vor

Spaß gar nicht einkriegen. Aber das ist wohl auch das Einzige, wo ich aufs Wort gehorche.

Soll ich euch einmal verraten, wie ich es mache, wenn ich Herrchen dazu bekommen will, das zu tun, was ich will? – Ich mache das dann immer so, dass ich an Herrchen herangehe, mich an seine Beine anschmiege, damit er merkt, dass ich da bin, dann einen Bogen um ihn herum mache – wie eine Schleife – und dann auf das Ziel zusteuere, das ich mir vorgenommen habe, zum Beispiel, den Platz, wo es die Bonbons gibt oder die Haustür zum Rausgehen. Das klappt meist ganz wunderbar. Herrchen sagt dann immer: Die Katze hat mich wieder eingefangen wie mit einem Lasso – wegen der Schleife. Es ist aber auch sehr trickreich von mir, das so zu machen. Da muss man erst mal drauf kommen. Aber ich bringe das gut.

Seit gestern haben wir einen knallroten Käfer im Garten zu liegen. Aus meiner Sicht ist er riesig, aus der Sicht der Menschen wahrscheinlich klein. Es ist ein Käfer aus Plastik mit einer Abdeckung. Die Abdeckung stellt den Rücken des Käfers dar und hat Punkte wie ein Marienkäfer. Es ist ein Sandkasten für kleine Kinder. Also für unsere Püppi, wenn sie mal herkommt. Der Deckel des Käfers ist wichtig, denn wenn er nicht darüber wäre, würde der Sand nass werden und noch viel schlimmer: Ich würde das Ganze als Katzenklo benutzen! Und das wäre ja für das kleine Kind nicht günstig. Der Sandkastenkäfer hat auch einen Kopf und dort zwei Hörner drauf. Das sieht sehr lustig aus. Herrchen hat ihn heute in das

Poel-Gras platziert, wo er stehen bleiben soll. Dazu musste er zwei Tulpen abschneiden, die dort blühen wollten. Nun sollen sie in der Vase im Wohnzimmer blühen. Mal sehen, wie das Ganze so wird. Heute habe ich erst mal diesen Plastikkäfer abgeschnuppert, von vorne bis hinten. Er riecht noch gar nicht nach uns, sondern nach den Nachbarn, die ihn gestern Frauchen und Herrchen geschenkt haben. Herrchen hat sich dafür bedankt und hat ihnen das Buch geschenkt, das er über mich geschrieben hat. So ist das in Ordnung!

Darß-Spaziergang

Übrigens hat Herrchen sich mal wieder etwas Lustiges einfallen lassen. Neulich waren sie wieder an der Ostsee und haben einen Spaziergang auf der Halbinsel Darß gemacht. Dort fahren sie von ihrer Wohnung auf dem Festland öfter hin, parken an der Schifferkirche und gehen von dort in dem Künstlerdorf Ahrenshoop spazieren oder gehen an den Strand zur Ostsee runter. Diesmal allerdings sind sie von der Schifferkirche in die andere Richtung gegangen, nämlich in die Richtung auf den Bodden zu. Herrchen war ganz begeistert von der Landschaft. Dort führte ein schöner Weg durch saftiges Marschland – also Wiesen, die früher einmal Meeresboden waren – in einem großen Bogen Richtung Mitte des Ortes. Es schien wunderbar die Sonne, und es wehte kaum Wind. Soweit so gut.

Aber nun hatte Herrchen eine verrückte Idee: Er dachte immer, hier könnte man die Katze doch mal mitnehmen. Aber wie sollte das geschehen? Nun, Herrchen hat sich überlegt, dass er mich an meinem Halsband mit einer Schnur anbinden wollte und dann mich hinter sich herziehen wollte. Albern und affig! Hat man das schon einmal gesehen? Eine Katze an einer Schnur hinterhergezogen? – Aber halt: So blöde ist das nun auch wieder nicht. Wenn wir im Garten sind und Herrchen durch den Garten latscht, krieche ich sowieso immer hinter ihm her in einem gewissen Abstand. Warum nicht auch mit einer Schnur verbunden. Auf jeden Fall spricht es ja für Herrchen, dass er mich gern dabei haben wollte. Da draußen auf den Wiesen ginge das ja alles noch. Aber was wäre, wenn wir dann im Ort sind und über die Straße müssten und zum Ostseestrand gehen wollten über die Dünen? Erstens bin ich nicht die Katze, die gerne auf der Stadtstraße rumläuft. Zweitens stelle ich mir das schwierig vor, durch die Dünen und die hohen Sandwege zu laufen, da sacke ich ja immer ein wie im Schnee im Winter. Aber ich stelle mir vor, dass die Luft da gut riechen muss. Ich würde wahrschein- lich nur die ganze Zeit um mich rumschnuppern. Herrchen war ganz begeistert von dem neuen Weg, den sie gefunden hatten, da er erstens einen Rund- weg darstellte und sie nicht den Weg doppelt laufen mussten und sie zweitens auf diesem Weg in der Ortsmitte landeten, wo sie sowieso von der anderen Seite schon immer hingegangen waren. Von dort aus waren es nur noch wenige Schritte durch die Dünen zum Ostseestrand runter. Und das – so erzählt es je- denfalls Herrchen immer – mussten sie bei jedem Ostseebesuch mindestens einmal genossen haben. Warum sollte ich das nicht auch einmal genießen? Ist doch wahr, oder? Aber mir würde es sicher grauen vor der langen Fahrt dorthin. Zweieinhalb Stunden im Auto im Korb eingesperrt? Das wäre keine Freude für mich! Dann bleibe ich doch lieber zu Hause im Landhaus, auch wenn es ein bisschen einsam ist. Aber einen Vorteil hatte diese Fahrt an die Ostsee neulich: Sie haben den ollen Stofftiger mitgenommen, der mich hier sowieso immer störte. Vor dem hatte ich ein bisschen Angst. Selbst Herrchen hat sich ein paar Mal erschrocken, weil der Tiger ihn immer so anstarrte. Nun liegt er in der Wohnung an der Ostsee. Das Dumme ist nur, er ist in demselben Zimmer wie der Hase. Und ob sich die vertragen, das weiß ich nicht. Hoffentlich ist der Hase – er heißt übrigens „Mister Rabbit" – nicht schon aufgefressen, wenn Frauchen und Herrchen das nächste Mal dort hinkommen.

Menschen- und Katzensprache

Seit dem Wochenende sind die Obstbäume im Garten voll erblüht. Es sieht wunderschön aus und es riecht auch toll. Ich schnuppere immer da herum. Ich lasse mich auch durch den feuerroten Käfer nicht ablenken, denn die Baumblüte ist ja so wunderschön. Zum Beispiel der Birnbaum! Der ist erst zwei Jahre alt und blüht über und über, hat ganz dicke Blütentrauben, so wie in guten Sommern immer der Flieder. Auf den freue ich mich auch schon wieder, der hat schon ganz dicke Dolden angesetzt. Das wird wieder ein Duft! Das wird was für die Katze! Ich glaube, dann renne ich nur noch mit hoch erhobener schnüffelnder Nase durch den Garten. Ich ziehe solche Düfte immer wie die Nachbarin ihren Zigarettenrauch durch meine Nüstern in mich rein. Ganz intensiv, da lasse ich mich auch nicht stören. Das ist aber sicher gesünder als der Zigarettenrauch der Nachbarin!

Herrchen ist ja eigentlich gar kein Raucher. Er genießt nur ab und zu seine Zigarren. Aber er zieht sie nicht so in sich hinein. Er pafft sie so vor sich hin, weil er sich an dem Zigarrenduft erfreut. Das ist so ähnlich wie beim Wein trinken. Manchmal ist es viel wichtiger, den Wein zu riechen als ihn zu schmecken - denke ich mir jedenfalls so als Katze.

Meine Güte, was habe ich immer für eine Angst. Wovor eigentlich? Ich weiß es nicht. Es sind nicht die wild bellenden Hunde am Südgarten. Nein, da komme ich gleich um die Ecke, wenn sie bellen, weil ich so neugierig bin und sehen will, was da los ist, wenn sie so ein Getöse machen. Obwohl sie mich sicher gern zerfleischen würden, habe ich keine Angst vor ihnen. Aber was ist es dann? Vielleicht nur allgemein Angst vor dem Leben? Man sieht mir allerdings nichts an, wenn ich so selbstbewusst und stolz durch den Garten marschiere.

Gestern hat mich Herrchen wieder erwischt, als ich gerade aus einem verbotenen Zimmer kam. Ich habe mich schnell in die Küche verdrückt und hörte, wie Herrchen immer sagte: „Katze, Katze! Wo bist du denn wieder gewesen?" Ich hatte die Hoffnung, er hätte nicht genau gesehen, wo ich war. Deshalb dachte ich: Bloß schnell raus! Ich schlich dann mit gesenktem Haupt ganz bedächtig in die Diele und sagte vorsichtig zu ihm: „Reju, Reju", was ja heißt, das ich raus wollte. Ich habe im Übrigen in der letzten Zeit meine Sprache und meine Sprachgewohnheiten verändert. „Reju, reju" sage ich immer, wenn ich aus dem Haus will. Herrchen verstand das auch und ließ mich gleich raus. So hatte ich im wahrsten Sinne des Wortes erst einmal wieder Luft.

Mensch, jetzt habe ich eine Neuheit! Herrchen hat mir gerade erzählt, dass es ihm mit dem schon erwähnten Buch gerade gelungen ist, sich davon zu befreien, sich Sorgen zu machen und sich zu ängstigen. Er hat wohl in dem Buch mit dem Titel „Sorge dich nicht, lebe!" Rezepte gefunden, wie man sich von

Sorgen und vom Grübeln freimachen kann. Entscheidend wichtig scheint dabei die Beschäftigungstheorie zu sein, nämlich die These, dass Arbeit beziehungsweise Beschäftigtsein eines der wirksamsten bekannten Beruhigungsmittel für kranke Nerven ist. Das wäre ja jetzt fantastisch, dann hätten wir ein ganz ausgeglichenes Herrchen. Ob das wohl auch für Katzen wirkt? Ich müsste Herrchen mal bitten, mir das vorzulesen. Vielleicht kann ich dann meine Ängste auch loswerden.

Meine Katzensprache mag ja nicht das beste Deutsch sein. Doch Herrchen hat es immer gerne, wenn ich losbrabbele und freut sich, wenn ich ihm etwas erzähle. Auf jeden Fall gefällt ihm das besser als die komische Umgangssprache der Berliner und der Menschen des Umlandes. Es ist ja nichts gegen einen Dialekt zu sagen, aber wenn es zu dicke kommt, dann wirkt es ordinär und peinlich, manchmal sogar aufdringlich. – Manchmal hat Herrchen schon im Zug von dem Berliner Platt die Nase voll. Zum Beispiel wie neulich, als eine Tusse zur anderen sagte: „Haste det jesehn?" Antwort: „Nö, hab ick nich, ick hab och nich hinjeguckt, weeßte!"

Oder wie bei folgender Gelegenheit, als ein eigentlich intelligenter Mann, der inzwischen promoviert hat, zum Geburtstag seines Schwiegervaters nichts anderes herausbrachte als. „Na dann, allet Jute, wa!" – Oder neulich wieder jemand: „Der Mai ist dies Jahr kälter als wie sonst." oder „Wir kommen dann auf Sie

drauf zu." – und das auch noch von seiner Lieb-
lingsapothekerin! Oder ein Radiosprecher neulich
erst: „Die Frau des neuen Bundespräsidenten arbeitet
in einer großen Droscheriekette." Es tut ja richtig
weh, das zu hören.

Herrchen und ich meinen, dieses Berliner Deutsch
ist einfach peinlich für die deutsche Hauptstadt. Aber
was machen? Wechseln? Woanders hinziehen? Oder
so ähnlich? Gut, das geht nicht so einfach. Wir haben
uns ja nun hier eingenistet. Aber wir sind froh, dass
wir nicht direkt in der Hauptstadt wohnen. So sind
wir im Grünen, in meinem Garten und Herrchen und
Frauchen können trotzdem schnell mal in die Groß-
stadt fahren und das Angebot dort nutzen, zum Beispiel Einkaufen oder, was sie besonders gerne machen, Austern essen gehen. Das kann man nicht überall. Aber meist, wenn sie zurückkommen, sagen sie:
„So, ein Tag reicht auch mal wieder!" Übrigens
möchte Frauchen, wenn sie – so sagt sie immer –
„groß ist", gerne am Meer wohnen. Macht nichts, ich
komme mit! Da wird es auch Mäuse geben. – Was die
Sprache anbetrifft, so ist Herrchen auch ein bisschen
verwöhnt, denn er kommt aus einer Gegend, wo man
– wie er meint – das beste Deutsch spricht, nämlich
aus Niedersachsen, dem Göttinger Raum.

Aber für die Hauptstadt ist so manches peinlich.
Zum Beispiel auch, dass sie keinen Fußballverein in
der 1. Bundesliga mehr hat. Das gibt es wahrscheinlich in ganz Europa nicht noch einmal. Aber das soll

mich weiter nicht jucken. Davon werde ich ganz bestimmt nicht depressiv, wenn Katzen überhaupt depressiv werden können. Ich halte das schon für möglich, denn wenn ich mich manchmal so betrachte, wie ich im Halbdunkel unter Tischen und sonst irgendwo sitze, weil mir irgendetwas nicht passt, dann wirkt das schon ziemlich bedrückend. Aber vielleicht ist das ja auch nur ein Trick von mir, um meinen Willen zu kriegen. So machen es ja die kleinen Kinder.

Manchmal benehme ich mich auch wie ein kleines Kind, meint Herrchen jedenfalls, obwohl ich ja schon eigentlich eine Großmutter sei. Auf der anderen Seite, so denkt Herrchen, benehme ich mich öfters wie ein Hund. Das hat er neulich erst wieder festgestellt, als sie bei den Nachbarn zum Feiern waren. Da sprang der Hund immer neugierig zwischen den Partygästen herum, wie ich es auch immer mache, wenn wir Gäste haben.

Besucher im Garten

In den letzten 2 Tagen war bei uns wieder einiges im Garten los. Gestern war Püppileinchen das erste Mal mit ihrer Familie hier. Sie ist ja wirklich zuckersüß. Alle haben erwartet, dass ich vor Neugier an dem Kinderwagen hochklettere und reinschaue und sie vielleicht abschnuppere. Aber weit gefehlt! Ich blieb ganz cool, ging um den Wagen herum, beschäftigte mich mit meinen Pflanzen und ging dann zu Onkel Pili – dem Sohn von Frauchen –, der auch da war, um mit ihm rum-zuschmusen. Es war schönes warmes Wetter, das erste Mal seit langem, so dass wir schön draußen Grillen und Essen konnten. Das heißt: Während Frauchen, Herrchen und die Gäste schönen Salat aßen und Fleisch dazu, musste ich mich mit meinen Gräsern begnügen. Aber das machte ja nichts, denn ich liebe so frische Gräser.

Als alle Gäste weg waren, ging ich ins Haus und guckte überall rum, ob nicht doch noch irgendwer zu finden war. Aber es war niemand zu entdecken. Ich machte wohl einen ziemlich traurigen Eindruck, dass alle Gäste verschwunden waren. Aber so ist das nun einmal. Eine Feier kann ja nicht endlos gehen. Nur das will ich immer so schwer begreifen. Das ist zum Beispiel so, wenn ich abends hinein soll. Dann sehe ich auch oft nicht ein, warum das nicht weiter gehen soll draußen.

Heute habe ich wohl wieder etwas verpasst! So meinte es jedenfalls Herrchen. Nach dem, was er mir erzählte, war er mit dem Schlauch unterwegs, um die frisch gepflanzten Zucchini, Tomaten und Kohlrabis zu gießen, als er zwischen der Holzbank und dem jüngsten Kirschbaum einen Riesenhaufen entdeckte. Erst dachte er, es sei ein Maulwurfshaufen. Aber dann merkte er sehr schnell, dass der Haufen für einen Maulwurf zu klein war. Es muss wohl eine Wühlmaus gewesen sein. Das wäre ja eigentlich meine Aufgabe gewesen. Herrchen drehte den Schlauch voll auf und spritze eine Riesenmenge Wasser in das Mauseloch, bis das Wasser aus dem Mauseloch oben wieder rauskam. Das heißt also, die ganze Bude unten drin musste überschwemmt sein. Plötzlich erschrak sich Herrchen, als ein schmieriges klitschnasses Tier sich aus diesem Mauseloch hochwand und dann eilig davonlief. Der Wühlmaus war es wohl zu ungemütlich da unten drin geworden, und sie wollte nicht ertrinken. Da ich auf der Terrasse lag, konnte mich Herrchen sehen und rief: „Katze, komm, wo ist die Maus, wo ist die Maus!" Aber ich habe mal wieder nicht geschaltet und blieb dort einfach sitzen. Vielleicht hätte mir die olle Wühlmaus auch gar nicht gefallen, denn ich beschäftige mich lieber mit diesen kleinen süßen Mäuschen. Ich lege sie immer vor den Eingang zum Schuppen. Frauchen und Herrchen müssen sie dann entsorgen, weil man ja sonst auf ihnen rumlatschen würde. Manchmal loben sie mich auch, dass ich so fein Mäuse besorgt habe. Sie würden sich natürlich mehr freuen, wenn ich die anderen Mäuse, die die Menschen „Geld" nennen, besorgen würde. Aber das kann ich ja nun mal nicht. Ich könnte höchstens mal versuchen, Gold statt Häufchen ins Klo zu machen. Aber stattdessen kotze ich immer in der Wohnung rum.

Neulich haben mir meine Herrschaften wieder einmal einen Schuhkarton geschenkt. Da bin ich immer ganz glücklich. Auch wenn er sehr klein ist, steige ich sofort rein und quetsche mich dann längs hinein. Oder, wenn er zu eng ist, setze ich mich dann aufrecht hinein. Aber siehe da, am nächsten Morgen war der Schuhkarton wieder verschwunden. Meine Herrschaften halten das wohl wie nach Gutsherrenart. Nach dem Motto: Der Herr, der gibt's, der Herr, der nimmt's. Das passt mir eigentlich gar nicht. Wie ich später heraus bekam, war der Schuhkarton im Kamin gelandet zum Anfeuern. Auf der anderen Seite will ich nicht meckern, denn ich habe ja noch zwei weitere Kartons im Wohnzimmer zu stehen. Ein Kleiner in einem Großen, das macht besonders viel Freude.

Ausflüge

Über Pfingsten waren Frauchen und Herrchen wieder einmal am Meer, und ich wurde von der Nachbarin versorgt. Es ging ganz prima. Ich war auch artig! Frauchen und Herrchen sind an der Ostsee mit einer – wie sie sagten – ganz alten, 100 Jahre alten Eisenbahn gefahren, die sich „Molli" nennt. Da möchte ich auch einmal mitfahren, das muss ja spannend sein. Sie sagten, die Lokomotive dampft und faucht wie eine Katze, die wütend ist. Das muss man sich einmal vorstellen. Das würde mich schon einmal sehr reizen, dort mitzufahren.

Aber da hätten wir ja wieder das Problem, was ich schon einmal angesprochen habe, nämlich, dass ich erst eine stundenlange Autofahrt hinter mich bringen muss, was mir ja gar nicht so gefällt. Dann würde Herrchen vielleicht wieder versuchen, mir eine Schnur um den Hals zu binden und mich dann wie einen Hund durch die Gegend zu führen. Neulich hat er nämlich im Nachbargarten ein kleines Mädchen gesehen, das einen Hasen angebunden hatte und ihn an der Leine im Gras herumführte. Das wollen wir erst gar nicht anfangen!

Auf der Rückfahrt vom Pfingsturlaub hatten Frauchen und Herrchen sehr starken Rückreiseverkehr. Das hätte mich schon zum Kotzen gebracht. Sie mussten zweimal von der Autobahn abfahren. Und beim zweiten Mal kamen sie dann in ein Unwetter, bei dem Bäume umstürzten, Zweige abbrachen und schwere Hagelkörner runterkamen. Das war gar nicht weit von hier, sagten sie. Ich habe gar nicht viel mitbekommen. Als ich das Gewitter hörte, habe ich mich schnell unter den Esstisch verkrochen. Als sie dann zurück waren, bin ich gleich wieder raus in den Garten und habe geguckt, ob da irgendwas ist. Aber es war nichts passiert.

Gestern Abend kam Herrchen sehr spät und völlig traumatisiert nach Hause. Er war zu einer Versammlung in die Landeshauptstadt zur Universität gefahren. Die Navigationstante für das Auto hatte ihn unerklärlicherweise nur am Anfang geleitet. Dann hatte sie plötzlich aufgehört zu sprechen. Vielleicht hatte sie sich erschrocken. Aber das war für Herrchen kein Problem, denn er kannte ja den Weg. Da Herrchen frühzeitig beim Sitzungssaal angekommen war, setzte er sich noch ein Weilchen in den Vorraum und las in der dort ausliegenden Werbung. Plötzlich kam eine Dame auf ihn zu und begrüßte ihn – wie sich später herausstellte, die Hauptrednerin. Als er aufstand und ihr artig die Hand gab, fiel sein Blick auf ihre Beine: „Boah, sind die hässlich", dachte er. „Und dann auch noch diese hässlichen klobigen Schuhe!" Er war besseres gewohnt. Aber das war nicht der Grund, warum Herrchen traumatisiert war. Es kamen später noch viele Frauenbeine an und zum Teil auch ganz hübsche. Da war Herrchen wieder im Lot. Er konnte seinen Augen Gutes tun.

Abends am Kamin, als Frauchen und Herrchen sich ihre Tageserlebnisse austauschten und Herrchen seine Zigarre paffte, erzählte er dann von seiner Traumatisierung. Er meinte, dass er bald mit dem Auto fahren vielleicht aufhören müsse, weil er doch nun älter würde. Er hatte nämlich auf der Fahrt in die Landeshauptstadt drei Beinahe-Unfälle erlebt, wobei er bei zwei Unfällen erhebliche Mitschuld gehabt hätte. Das hatte ihn doch gewaltig erschreckt. Er, der er eigentlich immer sehr umsichtig und vorsichtig fuhr!

Aber so ist das nun einmal, wenn man älter wird. Ich bin auch nicht mehr so flink und flott wie früher, obwohl ich schön schlank bin und auch noch ganz flott aussehe, meint Herrchen jedenfalls. Herrchen findet besonders putzig meine weißen Fellstiefelpfötchen. Sie sind ja auch putzig, und wenn ich meine Krallen drin lasse, auch ungefährlich.

Mir fällt noch etwas ein. Ich glaube, Herrchen fehlt es manchmal, dass er nicht mehr wie früher morgens zur Arbeit fährt und abends wieder zurück kommt, sondern den ganzen Tag zu Hause ist, auch wenn er sich hier eigentlich wohlfühlt. Es fehlt ihm aber wohl dieses Eingebundensein in dienstliche geschäftliche Abläufe, so wie er das früher hatte.

Das ist so wie bei mir, wenn ich meinen Pflichten nachgehen muss. Ich muss ja auch in den Garten hinausgehen und Mäuse fangen oder vertreiben. Ich könnte ja nicht den ganzen Tag nur auf dem Sofa auf meinen Kissen sitzen. Und Geschichten schreiben kann ich erst recht nicht, höchstens welche erzählen.

Richtige Einsichten

M an sagt ja, dass es wichtig ist, immer die richtigen Einsichten zu haben. Und das auch zum richtigen Zeitpunkt. Insofern liegt Herrchen sicherlich nicht falsch mit seinen Gedanken. Aber: Auf der anderen Seite grübelt er vielleicht schon wieder zu viel. Er sollte lieber in dem Buch weiterlesen, was ich schon zitiert habe „Sorge dich nicht, lebe!"

Das würde Herrchen vielleicht zu der Erkenntnis bringen: Ändere öfter die An- und Aussicht auf die Dinge! Ganz andere Ansichten von bekannten Dingen scheinen zunächst irreal, sind dann aber doch ganz real. Sie bewirken eine neue Blickweise aus anderer Sicht und erzeugen völlig neue Perspektiven bekannter Realitäten. So ging es Herrchen neulich, als er im Garten mal einen anderen Platz zum Sitzen wählte, als üblich. Ihm ging es auch so, als das Rollo im Badezimmerfenster nicht mehr herunterging, es sich irgendwie oben eingeklemmt hatte. Er musste die ganze Fensterbank abräumen, um das Fenster richtig zu öffnen, das normalerweise nur gekippt wird. Dabei schaute er aus dem Fenster in den Garten und war sehr überrascht. Der Garten, den er seit Jahren kennt und in dem er sich immer wieder bewegt, wirkte aus diesem Fenster und Blickwinkel einmal ganz anders. Eine ganz neue Perspektive einer alten

Realität. Das gab Freude an etwas Neuem, das eigentlich ganz alt war. Das ist ein Beispiel dafür, wie wichtig es ist, sein Gesichtsfeld öfter zu weiten und nicht an dem Gewohnten hängen zu bleiben. Das gibt neue Einsichten von Dingen, die man schon lange kennt; das kann neue Kraft und auch neuen Schwung geben. Auch wenn es manchmal erst einer Anstrengung bedarf. Ich denke, es ist wichtig, nicht dort stehen zu bleiben, wo man gerade steht, auch wenn es noch so bequem wäre, sondern sich neu auszurichten an dem Blick auf Realitäten, im Hinblick auf Gedanken und Vorstellungen und Planungen des eigenen Lebens. So können altbekannte Dinge eine Wende machen und einen ganz neuen Glanz bekommen.

Sommerhitze

Mir ging es in den letzten Tagen gar nicht gut. Wir hatten im Juni eine Hitze von über 30 Grad und eine Schwüle wie in den Tropen. Ja, wo leben wir denn? In Afrika oder im Havelland? Ich habe tagelang weder gefressen noch getrunken und Frauchen und Herrchen haben sich schon große Sorgen gemacht. Sie haben mich gleich zum Tierarzt geschleppt, was ich ja besonders liebe. Aber das war wohl nötig. Ich wurde dort untersucht und behandelt. – Sie haben mich gleich auf den Operationstisch gepackt und untersucht. Dabei hat die Tierärztin festgestellt, dass ich Herzprobleme hatte. Um weitere Untersuchungen vorzunehmen, musste sie mich spritzen und Blut entnehmen. Das hat mir gar nicht gefallen. Da habe ich gejault und gefaucht. Zum Blut entnehmen haben sie mich mit vereinten Kräften auf dem OP-Tisch festgehalten, damit ich mich nicht wehren konnte. Und dann hatte ich doch wirklich Blut auf meinen weißen Fellstiefelpfötchen! Das war hässlich!

Aber ich muss sagen: Nach der Behandlung bei der Tierärztin und der Verabreichung einiger Spritzen sowie der Diät – nachdem man festgestellt hatte, dass ich eine beginnende Diabetes habe – ging es mir deutlich besser. Herrchen meinte, ich mache ihm alles nach, erst damals mit der Humpelei, dann mit dem Diabetes, denn Herrchen hat auch einen leichten

Diabetes. Inzwischen haben wir wieder eine solche Hitze, und ich bleibe fast den ganzen Tag draußen im Garten – meist unter schönen kühlen Büschen – aber ich habe keine Lust ins Haus zu gehen, weil es dort stickiger ist als draußen. Frauchen und Herrchen machen sich natürlich Sorgen, dass ich draußen zu viel Hitze abbekomme. Aber ich trinke ja auch immer aus den Gießkannen von dem leckeren Brunnenwasser.

Neulich abends hat Herrchen festgestellt, dass wir einen weiteren Mitbewohner auf unserem Grundstück haben. Es ist ein Igel. Herrchen hat ihn „Hugo" genannt. Es sieht sehr putzig aus, wenn er läuft. Frauchen und Herrchen kommen abends in der Dämmerung manchmal heraus, um zu sehen, ob er unterwegs ist. Aber er ist schwer anzutreffen, denn er bewegt sich im Garten nur, wenn es dämmerig oder schon dunkel ist. Am Tage scheint er wohl unter Büschen oder Sträuchern zu pennen oder zu dösen. Frauchen und Herrchen haben ihm eine Schale hingestellt, in die sie immer Wasser füllen. Diese habe ich heute gänzlich ausgesoffen. Das hätte nicht sein müssen, denn im Gegensatz zum Igel kann ich mich ja an den Gießkannen hochstemmen, in denen immer das Wasser steht, das Herrchen dort vor Abschalten der Wasserpumpe einlaufen lässt. Nun muss der arme Igel heute dursten. Denkste! Herrchen hat schon wieder beim Sprengen des Gartens seine Schale aufgefüllt. Die kann ich nun nicht mehr ausschlabbern, da sie mich heute wegen der großen Hitze nicht mehr rauslassen. Vielleicht kann ich ja nachher beim Fußballspiel nach draußen entwischen.

Aber ich muss auch sagen, dass ich bei dieser großen Hitze mich auf dem kühlen Parkett eigentlich am wohlsten fühle.

Neulich habe ich ein dolles Ding gesehen. Ich hockte am Wall und guckte über die Straße auf die andere Seite. Da rast doch die schwarze Katze, die neulich bei uns über die Terrasse gelatscht ist, hinter einem kleinen Tier hinterher, als ob sie es fangen wollte. Es sah aus wie ein Igel, das kleine Tier. Aber es war bestimmt nicht unser Hugo. Sie hat es auch nicht gekriegt, das hat mich gefreut, haha! Ich mag die schwarze Katze nicht! Die blöde Zicke dringt immer in mein Revier ein und latscht frech über die Terrasse, wenn ich im Wohnzimmer sitze und nicht hinaus kann.

Herrchen sagt jetzt immer wieder: „Ich muss mal wieder aus meinem kleinen Reich hier raus kommen." Ich glaube, die werden wohl bald wieder an die Ostsee fahren. Schade, dass Katzen nicht auch mal ihren Pelz ablegen und auch mal schön Baden können. Das würde mich schon erfrischen und mir gut tun. Aber was soll's, ich muss da durch.

Gesagt, getan. Es dauerte nicht lange, da fuhren Frauchen und Herrchen auch schon wieder los. Nachdem ihre Wohnung trotz regnerischen Wetters ein paar Wochen belegt war, nutzten sie die Chance, an dem ersten wieder heißen Sommerwochenende dorthin zu fahren. Herrchen meinte, sie hätten voraussichtlich abgebadet, weil sie wahrscheinlich erst im Oktober wieder hinfahren können. Und dann ist die Ostsee schon zu kalt zum Baden.

Auf der Rückfahrt von der Ostsee gerieten sie in einen langen Stau auf der Autobahn in der Prignitz. Sie sind dann abgefahren und wollten den Stau auf Landstraßen umfahren. Dabei sind sie durch ganz abgelegene Dörfer gekommen, wo es noch aussah wie zu DDR-Zeiten: Betonplatten als Straße, dicker Rauputz aus DDR-Zeiten an den Wänden, auf den Dächern der Hütten und Schuppen asbesthaltige Dachpappe, Uraltfenster usw. Herrchen sagte, sie hatten den Eindruck, als sei die Zeit dort stehen geblieben.

Wie Herrchen mir erzählte, hatten sie an diesem Wochenende an der Ostsee eine sehr interessante Fernsehsendung gesehen. In der ging es um ein Buch zum Thema „Mañana-Kompetenz". Herrchen war ganz fasziniert davon. Wenn ich das richtig verstanden habe, dann geht es bei der Mañana-Kompetenz darum, dass man in der heutigen Zeit dem Dauerstress entfliehen können soll. Das heißt, nach getaner Arbeit aufhören können und abschalten können, also eine Pause einlegen. So wie man früher nach dem Grundsatz „ora et labora" lebte. Ich glaube, auch hier müssen die Menschen wieder von den Katzen lernen. Wer mich genau beobachtet, der sieht, dass ich ja das gerade genau mache. Wenn ich mal wieder auf Jagd war, Mäusejagd usw. und abgeschlafft bin, so fläze ich mich erst mal richtig hin und entspanne mich, lasse alles absacken. Die Menschen neigen wohl insbesondere in der heutigen Zeit dazu, das Abschalten nicht mehr zu können. Sie rackern und rackern und vergessen dabei, dass morgen auch noch ein Tag ist und dass man nicht alles hintereinander in einem Stück machen sollte.

Eigentlich eine ganz klare Sache, nicht wahr? Nun stellt sich die Frage, ob dieser Mañana-Ansatz ein Widerspruch zu der anfangs besprochenen These ist „Sorge dich nicht – lebe!". Herrchen meint, nein. Nur auf den ersten Blick. Genau besehen geht das nämlich in die gleiche Richtung. Und zwar nach dem Motto: Heute leben - ja, aber morgen ist auch noch ein Tag. Es geht hier nicht darum, Dinge vor sich herzuschieben, sie wegzuschieben, sondern nach getanem Werk abzuschalten, dem Geist und Körper eine Pause zu gönnen, um am nächsten Morgen – Mañana – wieder neu starten zu können, und zwar frisch! Es geht darum, Abstand zu gewinnen, um neu aufzutanken. So kann das zum Beispiel ein kleiner Kurzurlaub sein, wie Frauchen und Herrchen das immer an der Ostsee machen.

Wie sie sagen, bekommen sie schon bei der Überfahrt an der mecklenburgischen Grenze ein gewisses Gefühl der inneren Befreiung. Sie lassen den Alltag hinter sich, die Alltagssorgen, die Nöte, die Lasten. Sie können dann im Kurzurlaub regenerieren. So wie ich, wenn ich mich tagsüber zwischendurch auf dem Esstisch auf der Terrasse in der Sonne langmache und aale und total vergesse, dass ich da nichts zu suchen habe. Ich glaube, seine Umgebung einfach mal zu vergessen, das ist ganz wichtig. Ich denke, hier ist der

Vergleich zu dem vorhin von mir besprochenen „Rundkuchen" angebracht. – Auch eine Auszeit am Kamin mit Rotwein und Zigarre kann eine solche Regeneration ermöglichen. Herrchen meint, dass es wichtig ist, nicht immer nur darüber zu reden, was man alles falsch macht, sondern auch etwas als falsch Erkanntes in Maßen zu genießen, wenn dadurch Regeneration bzw. Neuaufbau möglich erscheint.

Man sollte nicht immer in der Angst leben vor dem, was kommen könnte. Hier schließt sich wieder der Kreis zu der Theorie „Sorge dich nicht – lebe!". Ist dies nicht zwischen mir, der Katze, und Herrchen ein wunderbarer Austausch auf intellektueller Ebene? Oder ist es etwa so, dass Herrchen nur Selbstgespräche hält und mich gar nicht einbeziehen will? – Nun, egal, mir macht es jedenfalls Spaß, mich mit ihm auf diese Weise auszutauschen. Auch ich als Katze will nicht immer nur gestreichelt werden, sondern brauche ein bisschen mehr persönliche Ansprache und ein wenig geistige Nahrung. Allerdings habe ich ein ganz schlechtes Gewissen, denn gerade in letzter Zeit habe ich nicht allzu viel zur vernünftigen Kommunikation mit Herrchen beigetragen. Ich bin sprechfaul geworden, zum Beispiel bemühe ich mich gar nicht mehr, Herrchen deutlich zu machen, was ich wirklich will, sondern ich mache einfach nur, wenn ich ihn sehe oder er mir über den Weg läuft: „Eja, eja, eja" und reiße mein Maul dabei quer auf nach dem Motto: Er wird schon wissen, was ich will. Das ist nicht sehr kommunikativ von mir. Herrchen sagte auch öfter zu mir: „Katze, sprich mal deutlich,

Mensch! Katze, was willste denn?" Und schon kommt von mir wieder dieses „Eja, eja". Ich glaube, ich muss mich mal wieder ein bisschen anstrengen und bemühen. Es ist auch oft so, wenn andere Leute da sind, dass sie mit mir gar nicht sprechen, sondern einfach auf mich einreden in der Meinung, sie wüssten sowieso, was Katzen wollen. Dadurch verlerne ich natürlich mit der Zeit meine Sprache. Und wenn man an der Sprache nicht richtig übt und arbeitet, dann ist eines Tages alles verschwunden, dann ist das alles weggesackt. Und dann kann man gar nicht mehr sprechen. Das ist so ähnlich wie bei Menschen, wenn sie ausländische Sprachen sprechen. Ohne Üben und Anwenden der Sprache wird das nichts Vernünftiges. Ich werde mich jetzt mal zusammenreißen und Herrchen richtig deutlich machen, was ich will. – Mit einer klaren Ansprache.

Kapitel III – Selbstgespräche einer Katze – Frühjahr 2011

Brunnenwasser

E s ist jetzt bald Frühjahr und ich glaube, ich muss mich wiederholen. Denn: "So, langsam geht es wieder los. Es ist zwar noch Winter, aber jetzt im März scheint die Sonne schon kräftig und die Tage sind schon länger geworden. Deshalb dränge ich auch öfter nach draußen, wo ich dann schon wieder längere Ausflüge in die Nachbargärten unternehme."

Ich sage das genauso wie vor einem Jahr. Aber es ist ja auch immer wieder dasselbe. Irgendwie ist das Leben immer ein sich wiederholender Kreislauf. Da könnte ich eigentlich auf das Bändchen vom letzten Jahr verweisen und mir weitere Überlegungen ersparen. Aber halt! Ganz so ist das nun wieder nicht. Einmal sollte ich vielleicht bemerken, dass ich mit Herrchen seit längerem keine ausführlichen Gespräche mehr hatte. Er hatte immer nur sein Enkelinchen im Kopf und hat wohl auch mit ihr die Gespräche geführt. – Aber nun bin ich wieder dran. Am Sonntag habe ich schon wieder angefangen, ordentlich rumzuzicken. Frauchen und Herrchen waren im Garten und als sie reingingen, vergaßen sie mich mit reinzunehmen. Dann kam schnell die Dämmerung, und wie ihr wisst, bin ich bei Dämmerung ja nicht zu halten. Da gehe ich ja nicht freiwillig ins Haus. Ich habe dann ganz lange vor der Terrassentür gesessen und rumgezickt. Weder Frauchens „Gezwitschere" noch Herrchens „Geklappere" mit den Bonbons konnten mich da weglocken. Aber irgendwann wurde es mir doch zu viel, vielleicht auch zu kalt, und ich bin dann freiwillig reinmarschiert. Als ich an Herrchens Kaminsessel vorbeischlurfte, brummte er mich an: „Katze, Katze!". Er wollte wohl damit deutlich machen, dass ihm mein Rumgezicke überhaupt nicht gepasst hatte. Das kann ich sogar verstehen.

Wir sind jetzt mitten im Frühling, und viele Büsche blühen schon. Wie zum Beispiel die Forsythien mit voller Kraft und der Pfirsichbaum. Wenn ich auf den Küchentisch klettere (was ich ja nicht darf!), dann sehe ich draußen vor dem Fenster in der Einfahrt, wie sich eine Forsythie an einen Wacholder schmiegt. Es sieht so aus, als hätten sie sich verlobt. Sie legt ihre blühenden Arme in den Wacholder hinein und umarmt ihn quasi. Wenn der Wind weht, schaukeln die beiden umher wie ein verliebtes Pärchen beim Tanzen. Ist das nicht romantisch? Und das hier bei uns im Havelland.

Wenn man sich jetzt Mitte März einmal das Wetter anschaut und sieht, wie es tagelang hintereinander regnet, dann kann man sich gar nicht vorstellen, dass es auf der Welt Dürregebiete gibt, wo große Trockenheit herrscht. Und das soll nicht nur in Afrika so sein, sondern auch in Asien und sogar zunehmend auch in

Europa. Das hat Herrchen neulich nämlich in einem Artikel über die Klimaveränderung gelesen. Dort wurde gesagt, dass es auch uns hier in Deutschland einmal passieren könnte, dass wir unter Wassermangel leiden. Das wäre natürlich großer Mist für mich! Ich kann mir das gar nicht vorstellen, dass mein Topf hier drinnen oder auch draußen lange ohne Wasser ist. Das brauche ich auch. Na, ich denke, dieser Artikel war sicher wieder einmal übertrieben. Ich kann mir vorstellen, dass wir hier in Deutschland wegen der regelmäßig über das Jahr verteilten Niederschläge doch auf längere Sicht keine Wassernot haben werden.

Oh, jetzt fällt mir was ganz Wichtiges ein! Ich hatte ja ganz vergessen, dass wir einen Brunnen haben, den wir im Sommer immer anzapfen. Da habe ich ja immer genügend zu trinken. Und da Herrchen im letzten Jahr eine Laboruntersuchung des Wassers hat machen lassen, mit dem Ergebnis, dass das Wasser geeignet ist für Garten und Tiere, kann ich immer gut davon trinken. Frauchen und Herrchen müssen sich schon mal Mineralwasser besorgen. Da kann ich mich ja erst einmal wieder entspannt zurücklehnen. Ich glaube nämlich nicht, dass unser Brunnen so schnell versiegen wird, auch wenn alle Nachbarn sicher von dem gleichen Grundwasser abzapfen. Komisch, wenn ich mir vorstellen, dass unter unserem Haus und Grundstück vielleicht ein richtiger Grundwassersee ist, auf dem wir quasi schwimmen. Aber so etwas gibt es sogar in der Sahara. Unter den riesigen Dünen, die es dort zu sehen gibt, befinden sich zum Teil richtige Grundwasserseen. Dort, wo man sie anzapft und das Wasser nach oben holt, entstehen Oasen, in denen auch Menschen und Tiere leben können. Das hat mir Herrchen einmal erzählt. Und ich glaube das.

Nun hatte ich gerade geglaubt, mich entspannt zurücklehnen zu können, weil meine Wasserversorgung über den Brunnen für längere Zeit gesichert schien. - Da kommt Herrchen plötzlich hereingestürmt, laut vor sich hin fluchend: „So ein Mist, so ein Mist, das wird teuer!" Was war nun schon wieder geschehen? Nun, Herrchen hatte Besuch von einem Sanitärfachmann, der sich das zum Brunnen gehörende Wasserwerk einmal angesehen hatte. Dabei hatte er festgestellt, dass Herrchen im Grunde genommen ein neues Wasserwerk kaufen müsse. Die Pumpe ging zwar noch, aber das Relais war kaputt, so dass die Pumpe nicht mehr automatisch ausschaltete, wenn sie genug Druck hatte. Aber es gab noch ein weiteres Problem, denn die Pumpe baute gar nicht mehr genug Druck auf, so dass sie überhaupt ausgehen konnte. Mit anderen Worten: Unsere Wasserversorgung für den Garten, die jetzt im Sommer dringend gebraucht wurde, war akut gefährdet.

Nun waren die Probleme mit dem Wasserwerk nicht neu. Herrchen hatte schon seit längerem, nämlich exakt nachdem die Pumpe nach dem Winter wieder aufgebaut worden war, bemerkt, dass der Druck in der Pumpe nicht genügend aufgebaut wurde und sie deshalb auch nicht mehr automatisch ausging. Es hatte da nur die Möglichkeit gegeben, die Pumpe so in Gang zu setzen, dass man den Stromstecker in die Steckdose steckte. Dann funktionierte die Pumpe einigermaßen. Das bedeutete jedoch, sobald man den Stecker aus der Steckdose zog, baute die Pumpe überhaupt keinen Druck mehr auf, so dass der Druck sehr stark abfiel und bei längerer Abwesenheit sich auch überhaupt nicht mehr aufbauen ließ. Boch, ist das schwierig! Das war natürlich eine Katastrophe für die Fälle, wo Herrchen und Frauchen länger weg wollten, zum Beispiel übers Wochenende.

Herrchen hatte dann nach seinem Motto „Wenn das Licht nicht von außen kommt, dann muss es eben von innen kommen" sich überlegt, wie und mit welchem Trick man nun mit der Pumpe umgehen könne. Er war auf die Idee gekommen, die Pumpe einfach auf Sparflamme durchlaufen zu lassen, so dass sie den Druck nie völlig abbaute. Das hatte natürlich zur Folge, dass das viel Strom kosten würde. Und dann war auch noch ein Malheur passiert. Wenn Herrchen die Pumpe durchlaufen ließ, so musste das Wasser ja irgendwohin. Da hatte sich Herrchen etwas einfallen lassen. Er hatte an den Obstbäumen im Südgarten mehrere Gießkannen aufgestellt, in die er dann jeweils den Wasserschlauch hineinsteckte, so dass die Gießkannen vollliefen und überliefen. Er meinte, das Überlaufen aus der Gießkanne würde den Bäumen nur gut tun, da würden die Äpfel größer. Das mag auch alles so sein, nur einmal gab es einen Ärger. Eines Morgens hatte Herrchen ein Gebrabbel und Ge-

töse im Nachbargarten gehört. Er hatte sich schon ge-
wundert, was da los war. Als er dann rausging, stellt
er fest, dass der Nachbargarten zum Teil unter Wasser stand. Da war aus seiner Gießkanne das Wasser
übergelaufen und nicht nur in Herrchens Garten ver-
sickert, sondern in den Nachbargarten reingelaufen,
weil der tiefer liegt. Nun war das ausgerechnet bei
den Nachbarn passiert, die immer so brubbelig sind
und immer schlechte Laune haben.

Nachdem nun der Pumpenfachmann festgestellt
hat, dass mit dem alten Wasserwerk nichts mehr zu
machen ist, blieb Herrchen nichts anderes übrig, als
ein neues zu besorgen. Das kostete ihn 90 Euro. Aber
als wir das dann hatten, war die Wasserversorgung
für den Garten und damit auch für mich wieder gesichert. Nun konnte ich mich doch noch entspannt zurücklehnen.

Italienreise

Ich glaube, ich muss mal nachschauen, was Herrchen macht. Es ist mir hier so verdächtig ruhig geworden. Ich denke, die wollen schon wieder verreisen. Ich habe zwar noch keine Koffer gesehen, aber vielleicht haben sie die hinten im Schlafzimmer gepackt und dort stehen lassen, damit ich mir keine Sorgen mache.

Und siehe da – genauso war es auch. Sie hatten eine Busreise an die Amalfiküste nach Italien geplant. Die gleiche Reise hatten sie schon einmal gemacht, sie führte in die Nähe von Neapel und dem Vesuv und an die Amalfiküste und war damals eine sehr gelungene Reise. - Aber diesmal wurde alles anders. Es fing schon damit an, dass sie die Abfahrtsstelle am hässlichsten Platz von Berlin – dem Alexanderplatz – nicht fanden. Sie standen im Regen an einer falschen Stelle, bis ein Pärchen vorbeikam, das ihnen den Weg an die richtige Abfahrtsstelle wies. Nachdem der Bus eine ganze Zeit auf sich hatte warten lassen, war Herrchen gerade dabei, die Telefonnummer für Notfälle bei der Busreisegesellschaft anzurufen, als plötzlich der Bus um die Ecke bog und vor ihnen hielt. Wie sich herausstellte, war das aber nicht ihr Bus, sondern ein parallel zu ihrem fahrender. Sie mussten weiter warten. Irgendwann endlich – mit großer Verspätung – erschien ihr Bus. Sie stiegen ein und fuhren los.

Aber anstatt sich schleunigst Richtung Süddeutschland zu bewegen, fuhr der Bus alle möglichen Käffer südlich von Berlin ab, um noch Passagiere aufzusammeln.

Als sie endlich glaubten, der Bus würde nur noch auf die Autobahn fahren und dem Süden zustreben, erklärte ihnen der Fahrer, dass er noch Fahrgäste in Dresden und in der Nähe von Chemnitz abholen müsse. Das bedeutete wiederum eine ewige Zockelei. Und dann, als sie in Dresden von der Autobahn abfahren wollten, ging plötzlich der Motor des Busses aus. Was war nun schon wieder geschehen? Herrchen hatte geglaubt, der Motor des Busses sei kaputt. Er hatte gemeint, die Fahrt könne jetzt zu Ende sein. Klammheimlich hatte er sich schon ein wenig gefreut, wieder nach Hause zurückzukommen. Ihm war der Spaß an der Fahrt schon vergangen. Der Busfahrer versuchte immer wieder, den Motor anzuwerfen, schaffte es aber nicht. Er ließ den Bus rollen, nach Dresden rein, bis zu einer Tankstelle. Und dort stand er dann. Wie sich herausstellte, war der Motor gar nicht kaputt, sondern der Bus hatte kein Benzin mehr. Und der Fahrer hatte kein Geld, um neues Benzin zu kaufen (!) Er bat deshalb Mitreisende, ob sie ihm Geld leihen könnten bis Chemnitz, wo ein zweiter Busfahrer zusteigen würde, der dann Geld mitbrächte. Man stelle sich das einmal vor! Irgendwie muss der Fahrer an Geld gekommen sein, denn er hatte getankt und setzte den Bus wieder in Bewegung. Nachdem in Dresden einige Mitreisende aufgesammelt worden waren, fuhr er in Richtung Chemnitz und hielt dort an einem Rasthof. Dort stieg der zweite Busfahrer ein – mit einem Hund! Aber es ging bunt weiter. Der Hund, dem die lange Fahrt wahrscheinlich so wenig Freude machte wie sie es mir gemacht hätte, hatte nichts Besseres zu tun, als immerzu durch den Gang hin- und herzulaufen. Es dauerte nicht lange, da machte er sein Häufchen in den Bus, aber Häufchen ist falsch ausgedrückt, denn es war keine feste Hundewurst, sondern etwas Dünnbreiiges. (Übrigens war das genau vor Herrchens Platz!!!) Nachdem der andere Fahrer den „Hundebrei" mit einem Kaffeeplastikbecher (!) aufgesammelt hatte, ging die Fahrt weiter.

Da sie schon erhebliche Verspätung hatten, kamen sie am nächsten Tag erst sehr spät an ihrem Zwischenziel am Gardasee an. Aber das Schlimmste war – so meint Herrchen –, dass die Fahrer überhaupt nicht wussten, wo sie das Hotel suchen sollten. Sie hatten keine Ahnung, wie sie dahin kommen sollten und fuhren in dem Ort immer hin und her. Herrchen sagte, er sei sauer und stinkig geworden und hätte in den Bus gebrüllt, was da los sei. Nach einer Nacht in einem mittelprächtigen Hotel in der Nähe des Gardasees, kurvten sie dann am nächsten Tag an Rom vorbei Richtung Amalfiküste. Da Herrchen und Frauchen schon einmal dort gewesen waren, hatten sie die leise Hoffnung, dass sie wieder in das schöne Hotel von damals kommen würden Aber weit gefehlt! Als sie den Ort Sorrent erreicht hatten, fuhr der

Bus immer weiter, immer weiter an der Küste entlang. Bis sie endlich ein Hotel erreicht hatten, das ganz schön weit abseits lag. Gegen das Hotel – so meinte Herrchen – sei ansonsten nichts einzuwenden gewesen. Der Nachteil war nur, dass sie bei jedem Ausflug durch den Ort Sorrent fahren mussten, der total verstopft war. So verloren sie auch wieder unnötige Zeit, die sie sonst bei ihren Besichtigungen hätten verwenden können.

Abgesehen von diesen Problemen, waren die Besichtigungen wie in normalem Rahmen. Die Landschaft dort muss ja wirklich fantastisch sein. Aber mir ist es lieber, ich sitze hier zu Hause bei meinem Futter und meinem Katzenklo und muss nicht in der Weltgeschichte rumtigern.

Neben der Amalfiküste und Sorrent waren sie auch wieder in Pompeij, was Herrchen immer hochinteressant findet, denn es ist ja eine alte Stadt, die von einem Vulkan – dem Vesuv – einmal total zugeschüttet worden war. Herrchen muss das immer wieder alles sehen, das reizt ihn ungemein. Obwohl er ja körperbehindert ist, lässt er nichts aus. Er muss immer dabei sein. Das bringt ihm den Zuspruch von alten Weibern ein, die ihn dann artig loben, weil er als Körperbehinderter sich so fleißig überall durchkämpft. Dafür kann er sich zwar nichts kaufen, aber immerhin! So hatten Frauchen und Herrchen dann in Italien wieder ganz normale Besichtigungsfahrten, zum Beispiel auch eine Schiffsfahrt zur Insel Capri, die immer wieder sehr schön sein muss.

Also zwei Sachen muss ich noch erzählen. Frauchen und Herrchen haben mir Bilder von der Reise gezeigt, insbesondere von Capri und dem Vesuv. Das war sehr interessant. Sie sind ja mit dem Bus auf den Vesuv hochgefahren und haben sich von oben alles angesehen. Herrchen hat super Bilder gemacht, sogar auf denen man sah, wie die Vulkanmasse, die flüssige rote Vulkanmasse, im Krater sich bewegte. Wie sich herausstellte, war das allerdings Quatsch, denn der Vulkan ist ja schon erloschen. Herrchen hatte es einfach einer Frau nachgemacht und hatte in einer Andenkenbude Bilder vom Vulkan von früher, wo er noch Lava spuckte, abfotografiert. Aber das sah täuschend echt aus. Super Idee! Ich bin da auch erst drauf reingefallen.

Das Zweite, was ich noch erwähnen will, auch da habe ich ein Bild gesehen, dass sie auf Capri in einem Restaurant waren, in dem ein richtiger Baum wuchs. In dem Lokal waren sie schon auf der letzten Reise gewesen. Es muss wohl so gewesen sein, dass der Baum früher draußen stand und das Lokal einfach weiter gebaut wurde um den Baum herum, richtig mit einem Dach drüber, so dass es jetzt so aussah, als wenn der Baum im Haus gewachsen wäre.

Man stelle sich das einmal vor, wir würden das jetzt hier bei unserem Landhaus auch so machen. Wir würden einen Anbau an das Haus machen, der die Terrasse einschließt und ein Stück des Gartens mit einem Baum drin. Na, das wäre ja vielleicht ein Ding!

Aber halt, ich glaube, das wäre gar nicht so eine schlechte Idee. So ein schöner Wintergarten kann ja sehr interessant sein. Na, vielleicht lässt sich ja Herrchen eines Tages so etwas mal einfallen. Doch zurück zum Lokal. – Das Lokal war im Übrigen sehr schön ausgestattet, da es am Hang lag, terrassenförmig, mit viel Grün und Beeten innerhalb des Hauses, ein richtig gemütliches Lokal.

Einmal bei einem Ausflug landeten Frauchen und Herrchen in Salerno, einer Stadt am Mittelmeer. Nach der Besichtigung einer maurischen Kirche hatten sie nur Eines im Sinn. Sie hatten kein Bargeld mehr und brauchten Geld. Also gingen sie beim Marschieren durch die Stadt auf eine Italienerin zu und fragten sie nach einer „Banca". Diese verstand, sie suchten eine Parkbank und zeigte dahin. Frauchen und Herrchen fühlten sich leicht veräppelt. Aber später stellten sie fest, dass sie nicht eine „Banca", sondern eine „Banco" suchten, zum Beispiel „Banco di Napoli". Das klappte dann später noch mit Radebrechen und allen möglichen Hilfsüberlegungen, aber es wäre schon besser, wenn man Italienisch besser beherrschen würde.

Die Rückfahrt lief dann wieder in besseren Bahnen als die Hinfahrt. Zwar kamen sie am Gardasee bei der Zwischenübernachtung wieder zu spät an, so dass sie noch mit Ach und Krach etwas zu Essen bekamen, aber es gab wenigstens keinen Benzinmangel und kein Hundegeschiss. Nur das Hotel war auch nicht die große Nummer: Denn am nächsten Morgen stürzten sich alle Leute auf die paar Brötchen, wovon eindeutig zu wenig vorhanden waren, so dass nicht alle zum Frühstück etwas zu Essen bekamen. Da ist mir mein Futtertrog hier doch sicherer! Auf der weiteren Rückfahrt durch Deutschland hatten sie dann in Berlin wieder so eine große Verspätung, dass der letzte Zug für Frauchen und Herrchen aus Berlin raus schon weg war. Was nun tun? Es gab nur die Möglichkeit, sich ein Taxi zu nehmen, was ja immer relativ teuer ist. Es ließ sich aber noch bezahlen, 30 Euro bis hier zu uns raus, das ist gar nicht mal so schlimm. Nun waren sie endlich wieder zu Hause und haben mir alles erzählt. Die ganze Reise hatte außer den schönen Besichtigungen noch ein weiteres Gutes: In Italien hatten sie ein deutsches Ehepaar aus Ostberlin kennen gelernt, mit dem sie auch Kontakt aufnahmen. Diese netten Leute waren hier bei uns schon in Haus und Garten.

Also auf so einer Reise sieht man ja alle möglichen bekloppten Leute. So war Herrchen zum Beispiel mit einem Typen kollidiert, den er als „Stasioberst" bezeichnete, weil er ständig sich so herrschsüchtig aufführte. Er wollte immer anderen Leuten seinen Willen aufzwingen. Als sie bei der Rückfahrt auf einem Rasthof hielten und dieser „Stasioberst" sich wieder dominant aufführte, hatte Herrchen die Schnauze voll. Er sagte zu ihm: „Hau bloß ab, Du blöder Sachse!" Herrchen kann manchmal ganz schön giftig werden, nicht wahr? Der „Stasioberst" schimpfte ihn eine „olle Bulette". „Ich bin keine Bulette und werde

auch nie eine sein, Du blöder Heini, merk Dir das!",
fauchte Herrchen. Nun, da war dicke Luft, was? –
Aber ich mache das ja auch so, wenn die schwarze
Katze von der anderen Straßenseite mir in die Quere
kommt. Dann kann die auch was erleben! Und unsere
Bellina hier, die kleine Hündin, der habe ich ja auch
schon mal meine Tatzen gezeigt. Wenn die mich immer so ankeift, dann gibt es auch noch mal was.

Insgesamt waren Frauchen und Herrchen dann
aber wirklich froh, dass sie wieder heile zu Hause
waren. Hundescheiße im Bus muss man nicht haben,
wir haben hier genügend Katzenscheiße zu Hause!
Aber ich mache immer ganz artig in mein Katzenklo
rein.

Neuerdings – so meint Herrchen jedenfalls – habe
ich eine neue Macke. Wenn ich auf dem Katzenklo
war und mich erleichtert habe, dann rase ich wie wild
durch die Wohnung. Komisch, nicht? Vielleicht bin
ich ja so erleichtert, dass ich das Dreckzeug aus mir
raushabe? Ich weiß es nicht. Woher wissen Katzen
überhaupt, dass sie aufs Katzenklo gehen sollen? Das
haben wir nirgendwo gelesen, denn wir können ja
gar nicht lesen. Und gesagt hat uns das, glaube ich,
auch keiner. Vielleicht haben wir das einfach so
drauf. Frauchen wundert sich manchmal, dass ich,
wenn ich draußen bin und aufs Klo muss, herein-
komme, mich dort niederlasse, alles von mir gebe
und das verscharre, um dann wieder nach draußen
zu gehen. Sie sagt dann immer: „Wieso macht die
Katze nicht draußen und verscharrt das im Garten?"

Also man könnte meinen, ich sei eine sehr gut erzogene Katze, die extra aufs Klo reinkommt und nicht wild in der Gegend umhermacht.

Herbst

Ich glaube, jetzt geht es voll in den Herbst hinein. Man merkt das an der tiefstehenden Sonne und den sinkenden Temperaturen. Außerdem leuchten die Blätter der Bäume in allen möglichen Farben.

„Katze! Jetzt reicht's aber, Mensch! Erst latscht du mir dauernd vor die Füße und jetzt jöselst du ständig herum." – Was war geschehen? Ach, Herrchen hatte seinen schlechten Tag erwischt. Und ich wohl auch. Es stimmte schon, ich latschte ständig Herrchen lahmarschig vor seinen Füßen herum. Immer, wo er hinwollte, saß oder schlich ich lang. Das hat ihn verrückt gemacht. Und dann hatte ich wieder meine dumme Katzensprache drauf. Anstatt ordentlich zu formulieren, wenn ich raus wollte oder etwas haben wollte, sagte ich immer nur „I-A, I-A, I-A" wie ein Esel. Das ging Herrchen auf den Nerv, und deshalb bläkte er mich so an.

Es ist aber auch manchmal komisch. Ich fühle mich auch nicht immer gut. Zum Beispiel ärgert mich im Moment, dass sich alles nur um Püppilein dreht. Überall werden Bilder von ihr aufgehängt – von mir überhaupt nicht. Da bin ich schon ein bisschen eifersüchtig. Aber heute Morgen, als Herrchen ein Bild von Püppilein am Kamin aufhängen wollte, hatte er den Nagel nicht richtig erwischt. Er rutschte ihm ab und knallte auf den Kaminsims. Einige Gläser purzelten zu Boden. Ich habe mich zwar sehr erschrocken, aber eher deshalb, weil Herrchen laut „Scheiße, Scheiße!" rief. Nun müssen wir das alles wieder in ordentliche Bahnen lenken. Mal sehen, ob es klappt.

Vielleicht bin ich auch deshalb sauer, weil Herrchen jetzt das Püppilein als neuen Kooperationspartner ausgewählt hat. Er wird dann wohl die Dinge eher mit ihr als mit mir besprechen. Das passt mir natürlich gar nicht. Das bedeutet für mich eine Abwertung. Aber mal sehen, vielleicht kriegen wir das ja wieder hin.

„Ich glaube, der Katze bekommt der Herbst nicht. Jetzt liegt sie mir doch schon wieder im Wege rum." Herrchen wollte Kaminholz holen und was sah er da? Ich hatte mich, anstatt in meine Körbe zu gehen, im „Holzmichel" breit gemacht. „Holzmichel" ist der Korb, in dem Herrchen immer das Kaminholz reinholt. Nun ging das Theater schon wieder los. Ich glaube, ich muss mir einfach mal angewöhnen, mich auf meine Plätze zu beschränken. Sonst gibt es immer wieder Ärger. Jetzt hat er mich einfach aus dem „Holzmichel" rausgeschmissen. Er wollte unbedingt Kaminholz holen, um den Kamin für den Abend zu füttern. Da schaute ich auch gerne immer wieder zu, vor allem das Rascheln der Zeitungen zum Anbrennen des Holzes interessierte mich besonders. Ich mochte auf der einen Seite das knisternde Geräusch nicht, aber auf der anderen Seite war es doch sehr interessant zu beobachten, was da passierte.

Vielleicht freundet sich Herrchen ja dieses Jahr einmal mit dem Herbst an, er hatte es sich jedenfalls vorgenommen. Bisher war für ihn der Herbst immer eine sterbende Jahreszeit, und er wollte sich einmal mit dieser Jahreszeit versöhnen. Aber wie es aussah, würde das wohl wieder nichts werden. Abgesehen davon, dass die Pflanzenwelt sich in die Winterpause begab und vieles abstarb, ging es wohl auch mit seiner Mutter steil bergab oder sogar dem Ende zu. Diese hatte nach einem längeren Krankenhausaufenthalt nicht mehr in ihr Haus zurück gekonnt und musste in einem Pflegezentrum untergebracht werden. Dort war sie gestürzt und musste wieder ins Krankenhaus. Danach wurde alles noch schlimmer. Sie war nicht mehr die Alte und redete wirres Zeug. Es sah aus nach einem Anfang von Demenz. War das die Rache Gottes? Sie hatte nämlich vor kurzer Zeit, am Anfang ihres Aufenthaltes im Pflegezentrum, noch hinter vorgehaltener Hand über andere Demenzkranke gelästert. Nun war sie selber soweit.

Als Herrchen sie neulich im Pflegezentrum anrief, machte sie ihm gleich klar, dass sie „gekidnappt" worden sei und dass man sie dort unbedingt herausholen müsse, am besten über die Grenze bringen. Hintergrund für diese Wirrnis war, dass sie wegen ihrer ständigen Stürze nicht mehr frei laufen durfte, sondern im Bett angeschnallt werden musste. Und das Ganze mit richterlicher Genehmigung zu ihrer eigenen Sicherheit und damit das Pflegepersonal in seinen Handlungen abgedeckt war.

Eine traurige Geschichte, wohl wahr, vor allem, wenn man bedenkt, dass Frauchen und Herrchen die alte Lady vor ein paar Wochen noch recht munter vom Krankenhaus in das Pflegezentrum gebracht hatten und sie sich dort zunächst über die schöne Aussicht aus ihrem Zimmer und überhaupt über das Zimmer gefreut hatte. So schnell kann's gehen!

Ich bin ja nun auch nicht mehr die Jüngste, aber ich habe als Katze den Vorteil, dass ich – anders als die Menschen – auf vier Beinen laufe, so dass ich mich, wenn mir mal schwindelig wird, vielleicht besser abfangen kann. Obwohl, man hat auch schon Katzen gesehen, die umgefallen sind. Nun müssen wir mal sehen, wie es weitergeht.

Es dauerte gar nicht lange, da erhielt Herrchen einen Anruf aus dem Pflegezentrum, wo seine Mutter sich befand. Er saß gerade morgens an seinem Schreibtisch, als sie ihm mitteilten, dass seine Mutter an dem frühen Morgen verstorben war. Es war der 09. November 2011. Herrchen meinte, dass das nun uns alle mal erwarten würde, vor allem im fortgeschrittenen Alter, in dem ich ja auch schon bin als Katze. Herrchen tröstete sich damit, dass seine Mutter wohl ganz friedlich eingeschlafen war. Das Bestattungsinstitut hatte sie später so aufgebahrt, wie sie gestorben war: Auf dem Bett liegend, die Brille noch auf der Nase, als wenn sie gerade gelesen hätte, und einen kleinen Teddy im Arm. Das finde ich ja nun ganz niedlich. Herrchen hat im Bestattungsinstitut auch ein Bild davon gemacht. Sie hätte ja auch eine kleine Katze im Arm haben können, aber mit Katzen hatte sie es wohl nicht so. Sie mochte mehr Bärchen. Herrchen hat mir einmal erzählt, dass seine Mutter, als sie mal in ihrem Haus zu Besuch waren und den großen Teddy von uns mitgenommen hatten, den Bruno, mit dem Bruno im Arm auf dem Sofa eingeschlafen war.

Komisch, ich muss abends immer alleine einschlafen. Herrchen sagt immer zu mir: „Katze, ssöön slaft, ssöön slaft!" Ich mache das aber immer erst, wenn ich mich versichert habe, dass die Alten auch ins Bett gegangen sind.

Kapitel IV – Sprechstunde einer Katze – Winter 2013

So – da bin ich wieder. Bei so einer Kälte muss man ja was machen. Da kann ich ja nicht den ganzen Tag in der Küche rumsitzen. Da erzähle ich euch lieber eine Geschichte. Neulich haben sich Frauchen und Herrchen beim Frühstück im Wohnzimmer einmal etwas einfallen lassen, was man bei Hunden ja nicht machen soll. – Vielleicht bei Katzen auch nicht?

Sie schnitten von ihren Wurstscheiben kleine Stückchen ab und warfen sie mir runter, so dass ich sie auffressen konnte. Das hat auch erst ganz gut hingehauen, klappte aber nur bei einer ganz milden Wurst bzw. war es – glaube ich – Kochschinken. Als sie mir eine andere Wurstsorte hinwarfen, habe ich zwar daran geschnuppert, es aber nicht gefressen. Ich sitze dann da und gucke mit ganz großen Augen hoch, ob nicht noch was „Vernünftiges" runterfällt. Nun haben sie den Salat. Ich sitze jetzt jedes Mal, wenn einer im Wohnzimmer am Esstisch sitzt und isst, daneben und warte, dass etwas herunterfällt. Manchmal sagt Herrchen dann zu mir: „Katze, das ist jetzt kein Frühstück! Da fällt nichts runter!" Aber ich bin hartnäckig. Ich bleibe da sitzen und gucke und gucke und warte. Wenn es mir dann doch zu doll wird, trolle ich mich davon. Nur das Problem ist: Das ganze Wohnzimmer ist jetzt vollgestellt mit Sachen, die da bisher nicht waren, so dass ich gar nicht mehr so viel Platz zum Trollen habe. Zum Beispiel steht da der große Fernseher auf dem Boden, der wohl kaputt sein muss, denn Frauchen und Herrchen haben neulich einen aus Herrchens internationaler Bücherstube geholt und ihn an die Stelle des alten gestellt. Da muss ich immer drumrum laufen. Jetzt haben sie auch noch einen größeren Sessel vor den Kamin gestellt, der nimmt mir noch mehr Platz weg. Das ist wohl der alte Sessel aus der Bücherstube, weil sich Herrchen für dort einen neuen, ganz schicken gekauft hat. Den habe ich zwar noch nicht gesehen, aber da darf ich ja auch nicht rein. Das Dumme ist nur, dass sie jetzt auch einen Ledersessel aus der Diele vor den Kamin gestellt haben, auf den ich ja auch nicht rauf darf. Deshalb haben sie Decken über beide Ledersessel gehängt, was natürlich blöde aussieht. Alles nur, damit ich nicht an dem Leder „rumzuppe". Aber wo ich „zuppen" darf, sind die Korbsessel, die da auch stehen. Jetzt muss ich da raufgehen. Wenn ich mal – wie neulich – auf den Rand vom Ledersessel von Frauchen springe, scheucht mich Herrchen gleich runter. So ist das arme Katzenleben!

Wisst ihr eigentlich, warum Herrchen diese Geschichte „Sprechstunde einer Katze" genannt hat? Nee, nee – nicht, weil ich irgendeinen Service anbiete, sondern aus einem ganz anderen Grund. Herrchen hat es in letzter Zeit gestört, dass ich mich mit ihm nicht richtig unterhalten habe. Das heißt, genau genommen habe ich es ja versucht. Aber ich habe auch meinen Mund bewegt. Ich labere ihn immer an, wenn ich ihn sehe, aber es kommt kein Ton raus – komisch! Das ist so, als wenn ich stumm geworden wäre. Und das will Herrchen ändern. Er will mich zum Sprechen bringen. Und deswegen nennt er die Geschichte „Sprechstunde". Eigentlich müsste man sagen: „Zum-Sprechen-bring-Stunde".

A B S C H I E D – *Frühjahr 2014*

Nun ist schon wieder einige Zeit vergangen, und ich bin inzwischen tot. Es ging nicht mehr. Die Tierärztin hat noch einen letzten vergeblichen Versuch unternommen, mir auf die Beine zu helfen, aber ich kam nicht mehr hoch. Dann mussten Frauchen und Herrchen „in den sauren Apfel beißen" und mich einschläfern lassen. Aber es war für mich eine Erlösung. In der letzten Zeit hatte ich mich im Haus und im Garten nur noch umhergeschleppt. Ich bin praktisch auf den Vorderpfoten gelaufen und habe die Hinterpfoten hinter mir hergeschleift. Das war grässlich.

Nun habe ich meine Ruhe gefunden, und zwar im Garten vor der Terrasse vor dem Flieder und direkt unter meinem Lieblingsgras, dem Poel-Gras, an dem ich immer so gerne geknabbert habe. Poel-Gras heißt das nicht wirklich, sondern Frauchen und Herrchen haben das nur so benannt, weil sie einmal auf der Ostseeinsel Poel ein solches Schilf haben wuchern sehen und es ihnen so gut gefallen hat. Wie gesagt – mir hat es ja auch so gut gefallen, weshalb ich es immer mit meinem Eckzahn angeknabbert habe und den Saft ausgesaugt habe. Das war gut für meine Verdauung.

Frauchen und Herrchen haben mich in einer kleinen feierlichen Stunde in einem Schuhkarton-Sarg dort begraben.

Dass ich im Vorgarten vor der Terrasse liege, hat einen großen Vorteil. Ich bin noch nicht aus der Welt und kann alles mitkriegen, was im Garten passiert. So war ich schon erstaunt, dass Frauchen und Herrchen sich nach meiner Beerdigung sehr schnell mit dem Nachbarskater „Sündbald" von gegenüber getröstet haben. Frauchen sagt immer, der liebe Gott hat ihr den „Sündbald" geschickt, damit er sie trösten soll. Was mir nicht so gefällt, ist, dass Frauchen mit dem „Sündbald" immer so rumschmust wie früher mit mir. Da werde ich ganz neidisch. Aber irgendwann hat das auch mal ein Ende. Ich werde alles ganz genau beobachten...

FSC
www.fsc.org
MIX
Papier | Fördert
gute Waldnutzung
FSC® C083411

Zeitfracht Medien GmbH
Ferdinand-Jühlke-Straße 7
99095 Erfurt, Deutschland
produktsicherheit@kolibri360.de